野性的呼喚

從困境中
找到自我與勇氣的長征

THE CALL OF THE WILD

JACK LONDON

傑克・倫敦——著

費洛卡——譯 曾知立——審定

CONTENTS

火車轟隆隆地往前急馳整整兩天兩夜，巴克完全沒吃的也沒喝的。在極度生氣的狀況下，他對試圖接近他的隨車人員大聲咆哮，那些人便嘲笑戲弄他。當他衝向籠子的木條，氣得渾身顫抖、口角起泡，那些人卻嘲笑、奚落他。

CHAPTER 2

棍棒和利齒的法則——039

突然，他的前爪陷進雪地裡，身體也跟著陷下去，有什麼東西在腳下蠕動。他飛快跳開，豎起鬃毛吼了起來，被這不知所以的東西嚇一大跳。但他聽到一聲微弱友好的呼喚，便鬆了一口氣，

CHAPTER 3

潛藏在生命的統治欲望——057

這種自豪讓戴夫樂於當一隻壓陣狗，讓索爾雷克斯願意用盡全力拉車。這種自豪讓他們每次要離開營地上路時，從一群陰沉、殘暴的野狗，變成很有熱情、充滿活力的生物。

CONTENTS

CHAPTER 6
無與倫比的忠誠與愛——131
巴克馬上跳入水中，游了三百碼之後，在一個湍急的漩渦中趕上桑頓。當他感覺桑頓抓住自己的尾巴時，便使出渾身力氣游向岸邊。然而，游向岸邊的速度，遠遠不及被拉入河中的速度。

CHAPTER 7
來自曠野的聲音——157
巴克沒有攻擊他，而是圍著他兜圈子，以友好的方式接近他。那匹狼心存疑慮並害怕，因為巴克的體重是他的三倍，他的頭連巴克的肩膀幾乎都搆不到。

附錄 關於《野性的呼喚》的淘金熱背景——189

前言

從困境中找到自我與勇氣的長征

在傑克・倫敦的作品中，《野性的呼喚》應該是他最廣為流傳的一本著作，也才會有「世界上讀得最多的美國小說」的稱號，也因為《野性的呼喚》在一九〇三年的出版，使他晉升美國經典文學作家之列。在美國，這本書甚至被指定為一些學校的中學生課外讀物。

傑克・倫敦的人生經歷崎嶇坎坷卻又充滿勵志。出生在舊金山貧窮的農民家庭的他，從小不但當過牧童和報童，甚至當過碼頭的童工。因為貧窮，他必須自己賺取學費，現在我們提倡並重視的「自學」，成為他最重要的學習方法，他也靠著自學，只靠一年的時間就學完中學四年的課程，考上加州大學柏克萊分校。

可惜的是，一年後因為沒錢繳學費只好退學，當時剛好興起克朗代克河淘金熱，他便跟著好朋友前往阿拉斯加，沒想到一無所成，又兩手空空的回家。為一圖溫飽，他開始了寫作生涯。四十歲就英年早逝的他，從二十四歲創作第一本小說開始算起，共完成了十九篇長篇小說、一百五十多篇短篇小說，以及其他關於劇本、散文論文等各種作品，他甚至曾直言不諱的向讀者宣稱：「寫作只是為了金錢。」可說是世界文學史上最早的商業作家之一，被譽為商業作家的先鋒。

由於特殊的背景和經歷，在他的作品中，不乏以淘金熱為時代背景的故事，《野性的呼喚》就是其中之一。不過《野性的呼喚》不是描述淘金者的故事，而是在這波熱潮中被影響的另一種生物，人類最忠實的朋友——狗。

因為人類的一己私欲，主角巴克從養尊處優的南方大莊園，被拐賣到遙遠的北方，在這趟旅程中，傑克除了藉由巴克的遭遇和旅程呈現出那個時代的背景和地貌，更藉由巴克與不同主人、不同夥伴與動物的互動，帶領讀者思辨夥伴、敵人，甚至家人的意義和關係。

傑克．倫敦的作品不會讓人覺得充滿愛與和平，相對的，他往往會在不同場景間塑造出危機感，並盡可能描述主角與配角面臨危機時的內心低語與轉變，很多時候，你甚至可能會覺得太過直白，太接近生命所處的真實面，不論是隱含於其中的道貌岸然、弱肉強食，甚至疏離背叛。

然而傑克想要帶給讀者的不在於揭露現實的可怕，而是一方面想要敲醒安於現狀的人，不能如溫水煮青蛙般的漠然，完全不知周遭的危機，另一方面則想要表達出面對困境或戰勝敵人，需要具備莫大的勇氣和毅力，而這也是傑克作品中常見的核心思想。

此次我們以《野性的呼喚》一九〇三年的英文版本為範本，重新編譯這本經典文學，希望可以讓讀者感受到這位被稱為美國二十世紀現實主義的作家，如何在小說中呈現出他的細微觀察和文字敘述，以及蘊藏在故事中對生命和自我的看法。另外。被視為《野性的呼喚》的姐妹作《白牙》也在重新編譯後同步出版。

希望在二十一世紀重視生命教育的現在，從巴克與白牙的故事中，能夠讓大家對於生命的關懷與體悟有更深的感受和領會。

來自各方的推薦語

人與狗的情感在故事中真實呈現；是一本值得你我反思、一讀再讀的好書。

——倪京台／台灣動物緊急救援小組（ARTT）執行長

《野性的呼喚》裡的巴克，原本是一隻家犬，後來卻被環境遭遇塑造成荒野裡的狼。在面對一次又一次的困境與難關所呈現的勇氣，以及與最後一位主人桑頓之間的關懷與愛，也讓我們能體會到不同物種生命間，的確有超乎語言可描述的情感。至於《白牙》一書中的主角白牙，原本是在荒野中成長，帶有狼性基因的混血，卻在愛的對待下，變成一隻家犬。

傑克·倫敦這兩部作品，剛好是從兩個不同的極端來突顯環境對一個生命的影響。生物為了在不同的環境裡生存，會改變原有的行為與生理表徵，因此，讓孩子在一個正面積極且良善的環境中成長，是我們每個大人的責任，這也是《白牙》與《野性的呼喚》帶給我們的省思。

——李偉文／荒野保護協會榮譽理事長／作家

人類文明進展從神權、君權而民權，更應該提倡生權，平等對待一切動物，視他們為生命共同體。

——依空法師／佛光山文化院院長

在快節奏、數位科技主導的現代社會中，我們常常忽視自然的力量與生命的本質。傑克·倫敦的《野性的呼喚》和《白牙》透過動物的視角，帶領我們重新審視自然與文明的關係。這些精彩的動物冒險故事，更是精神上的啟示，提醒我們回歸本心，尋求內心的自由與平和。

——**黃貞祥／國立清華大學生命科學系副教授／GENE思書齋齋主**

作為全世界最暢銷的動物相關書籍，《野性的呼喚》（*The Call of the Wild*），同時也是美國校園必讀的選書。除了刺激的冒險故事，讀者也會從本書中學到有關適應能力、內在力量以及尊敬大自然的課堂。英文原版的用字優美卻又淺顯易懂，也是許多老師推薦的主要原因，我也大力推薦本書！

——**曾知立／希平方HOPE English創辦人**

這部走在時代之先的動物權作品，深切批判人類中心主義。

——**黃文儀／台大中文系兼任助理教授**

光憑信任與愛，在險惡的世界裡還活得下去嗎？凶悍狡詐，喚回野性，才有活下去的機會，你如何選擇？

——**李惠貞／新月書屋主編老師**

《野性的呼喚》是另類的桃花源之旅。我們可以從中看見生命個體如何掙脫安穩的束縛，獲得成長與蛻變，也揭示了「成長」在自我的回返與遠離間的辯證。

——**陳蒂老師／陳蒂國文創辦人**

從動物的視角看向人類，那會是什麼模樣？一本小時候看的經典《野性的呼喚》，長大後重讀更看見人類的私心，以及不同個體生命間的權力消長並非永不改變。然而我們也看見，人類是否如巴克一樣，為了適應環境對權力服從，然而內心深處一定存在著一聲聲呼喚，希望那天到來時，不是為了別人，而是為了個人自由，同時也能承擔這項選擇的責任。

——**畫說有一天／IG說書版主**

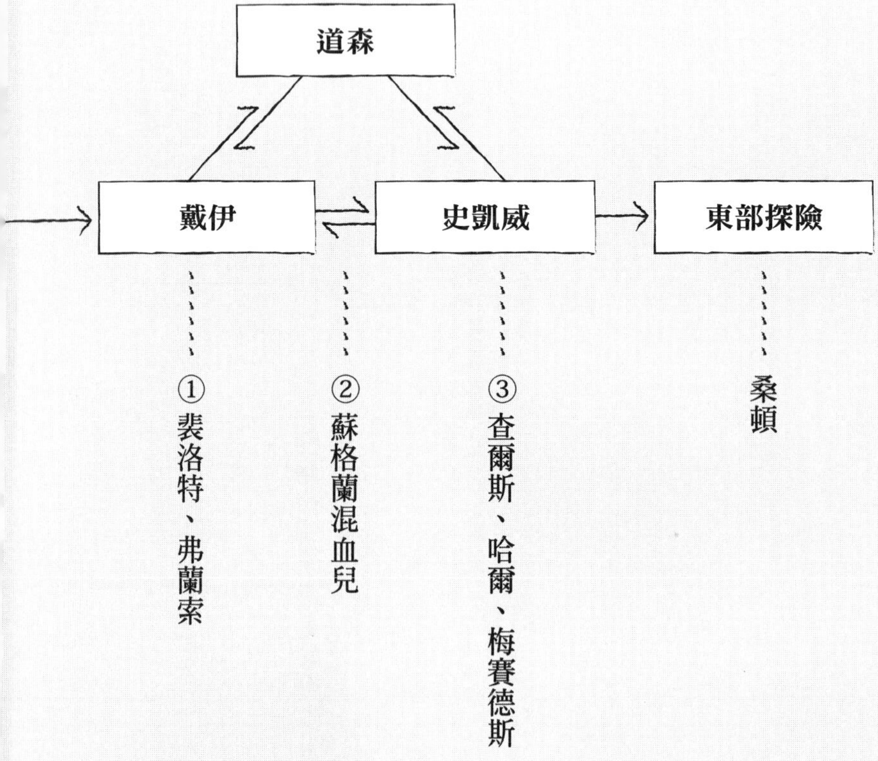
道森
戴伊
史凱威
東部探險
①裴洛特、弗蘭索
②蘇格蘭混血兒
③查爾斯、哈爾、梅賽德斯
桑頓

巴克遇到桑頓前的長征示意圖

父：艾蒙（聖伯納犬）

母：雪波（蘇格蘭牧羊犬）

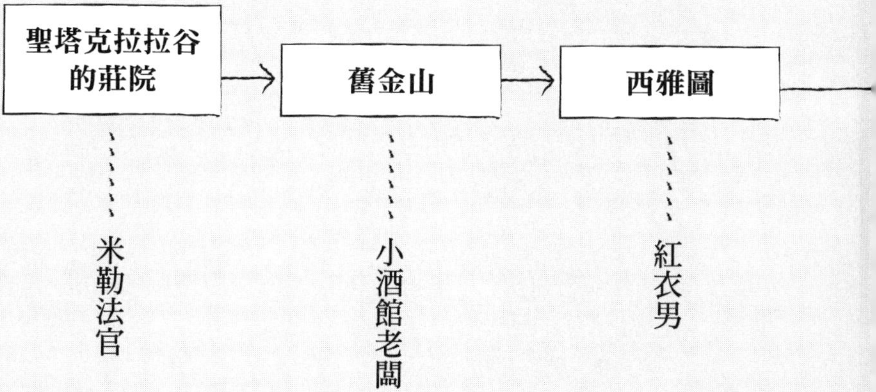

CHAPTER 1

脫離常軌的開始

火車轟隆隆地往前急馳整整兩天兩夜，巴克完全沒吃的也沒喝的。在極度生氣的狀況下，他對試圖接近他的隨車人員大聲咆哮，那些人便嘲笑戲弄他。當他衝向籠子的木條，氣得渾身顫抖、口角起泡，那些人卻嘲笑、奚落他。

巴克如果看報紙，就會知道大禍臨頭了，不光是他要倒楣，而是從普吉特海灣（Puget Sound，位於美國華盛頓的海灣）到聖地牙哥（San Diego）、每一隻熟悉水性又筋骨結實、擁有溫暖厚實毛皮的長毛狗。因為人們在北極的深處探索時，發現了黃色的金屬，加上輪船和運輸公司的大量炒作，數以萬計的人紛紛湧進了北方，這些人需要很多能為他們勞動的強壯大狗，特別是那些有著毛茸茸毛皮、能夠抵禦嚴寒的長毛狗。

巴克生活在陽光普照的聖塔克拉拉谷（Santa Clara Valley）、米勒法官的大房子裡。這座大房子位在大馬路旁，半隱在綠樹之中，從樹叢間可以隱約看到房子四周寬廣涼爽的走廊。房子的前面是由礫石鋪成的車道，蜿蜒穿過寬闊的草坪和高大交錯的白楊木下。房子的後面比前面更寬廣，不但有寬廣的馬棚，裡面有十幾個飼養員和僕人隨時聽候差遣，還有成排爬滿藤蔓、給僕人住的小屋，以及一望無際的倉房整齊地排列著，外加長長的葡萄棚架、綠油油的牧場、果園和莓園。園中的自流井還有一部抽水設備，可以把水注入空的大水泥槽中，米勒法官的孩子們早晨會在這兒游泳，午後則會到這兒消暑。

巴克管轄著這一大片莊園，他在這裡出生，已經在這生活了四年。的確，在這麼大的一片地方，當然還有其他的狗，但都不算數。他們來來去去，不是住在擁擠不堪的狗屋，就是像日本哈巴狗圖斯和墨西哥無毛狗伊莎貝爾那樣，住在屋子的偏僻角落，他們兩個怪胎連鼻子都懶得伸出門外，也幾乎不出門。除此之外，這兒至少還有二十隻以上的獵狐犬，他們會對著看著窗外、被一群手持掃帚和拖把的女僕保護著的圖斯和伊莎貝爾，凶狠地狂叫。

不過，巴克既不是被關在家裡的狗，也不是窩在狗窩中的狗，整個莊園都是他的。他會跟法官的兒子們一起跳進游泳池游泳，或是一起出去打獵。早晚他都會護送法官的女兒莫麗和愛麗絲一同漫步。在寒冬的夜晚，他會在書房熊熊的爐火前，躺在法官的腳邊。他讓法官的孫子們騎在背上，陪他們在草地上打滾，到戶外探險時，亦步亦趨地護衛著他們。他們會走到馬房旁的噴泉前甚至更遠，像是牧場和莓園。他在獵狐狗面前總是昂首挺胸，專橫又自傲，對圖斯和伊莎貝爾更是不屑一顧，因為他是米勒法官家裡的國王，不管爬的、飛的，包括人在內，都歸他管轄。

巴克的父親艾蒙是隻龐大的聖伯納犬，生前總是形影不離地陪伴著法官，現在巴克順理成章地接替了父親的位置，不過巴克沒有父親那麼高大，他只有一百四十磅重，因為他的母親雪波是一隻蘇格蘭牧羊犬。雖然巴克只有一百四十磅重，但養尊處優的生活讓他自然展現出皇室般的氣質。

從他出生到現在，這四年中他過著如貴族般的生活，不但非常的自豪，甚至有點自負，就像一些鄉村仕紳的自以為是，目中無人，只是他沒讓自己變成一隻嬌生慣養的家犬，打獵和類似的戶外娛樂讓他減少了身上的脂肪並強化了肌肉，對他來說，就像那些冷水浴比賽的愛好者，因為喜愛玩水，反而成為維持健康的保養之道，讓他身強體健。

以上便是巴克在一八九七年秋天的生活。當時克朗代克（Klondike，北極最早發現金礦的地方）發現了金礦，人們從世界各地湧入冰天雪地的北方。巴克不看報，所以不知道那個叫曼紐爾的園丁助手正對他心懷不軌。

曼紐爾有一個無法戒掉的習慣，就是他非常喜歡玩中國的樂透彩。每次玩牌時，他有一個弱點，對系統的信念，這讓他注定要倒楣。這種賭法非常需要錢，但他的工資就連養活妻兒都很勉強。於是就在法官參加葡萄農協會的會議，男孩們忙著組織運動俱樂部的那個令人難忘的夜晚，曼紐爾做了背信棄義的勾當。

沒有人注意到曼紐爾和巴克穿過果園，巴克也以為當時只是跟平常一樣散散步。他們走到一個叫「大學公園」的車站，沒有任何人看到他們抵達，除了一個等在那裡的人。那個人跟曼紐爾交談一下後，就聽到一堆錢幣碰撞的聲音。

「你把他帶來之前，應該先把他綁起來。」那個陌生的男人粗魯地說著，曼紐爾便在巴克的脖子上套了一根很粗的繩子。

「拉緊繩子，他就被勒住了。」曼紐爾說。那個陌生的男人「咕噥」了一聲表示知道。

巴克平靜地接受曼紐爾把繩子套在他的脖子上，可以確定的是，這並不是一個尋常的動作，但巴克被教導要信任自己認識的人，並相信人類比他聰明。不過當綁著巴克的繩索被交到那個陌生人手上時，他發狂地咆哮，表達自己的不滿，而且自傲地認為他的表達就是命令。但是沒想到脖子上的繩子反而被勒得更緊，幾乎不能呼吸。

他非常生氣的撲向那個人，那人在巴克還沒撲過來前，更用力把繩子拉緊，勒住巴克的喉嚨後靈活的一轉，把巴克摔到地面，四腳朝天。當巴克憤怒地掙扎時，繩子又被拉得更緊了。他的舌頭伸出口外，寬闊的胸膛急促地上下起伏喘氣。他從來沒被這麼卑劣的對待過，也不曾發過這麼大的脾氣。

他越來越沒有力氣，意識也漸漸模糊，當火車進站，那兩個人合力把他丟進放行李的車廂時，他什麼都不知道。接下來，他隱約感到舌頭疼痛，而自己則身處在某種顛簸前進的交通工具中。經過路口時，一個尖銳的汽笛聲使他明白了自己身在何處。

他以前經常陪法官旅遊，非常熟悉坐在行李車廂的感覺。他睜開雙眼，散發出怒不可抑的眼神，就像一個被綁架的國王。那名男子看見巴克清醒，馬上跳起要掐住他的喉嚨，但巴克比男人的動作還快，緊緊咬住準備要勒住自己喉嚨的手，直到再次被繩子勒昏。

車廂的打鬥聲引起了列車員的注意與探詢。那男人把被咬傷的手藏到身後跟列車員說：「喔，這狗生病了，老闆要我把他帶到舊金山的一個名獸醫那兒治療。」

在舊金山碼頭前一間小酒館後面的小屋中，那個男人滔滔不絕的說著那天晚上在火車上發生的事。

「我不過只拿到五十塊，」他抱怨著，「早知道會被咬成這樣，給我一千塊現金，我都不幹。」包裹著手的毛巾透著血跡，右腿的褲管從膝蓋到腳踝都裂開了。

「另一個傢伙拿了多少？」小酒館的老闆問道。

「一百塊。」他回答，「一分也不少，所以幫個忙吧！」

「那就是一百五十塊了，」小酒館老闆計算著說。「他最好值這這個價錢，不然我就是冤大頭了。」

那個綁架巴克的傢伙把那條染滿血跡的手帕解開，看著自己滿是傷痕的手說，「我該不會得到狂犬病吧……」

「如果真是這樣，那就是你命中注定啊！」小酒館老闆笑著說，然後補上一句，「離開前，過來幫我一個忙吧！」就算感到頭暈目眩、喉嚨和舌頭也非常極度疼痛，巴克還是撐著剩下的半條命，試圖抵抗折磨他的人。

不過，他還是一再地被摔到地上、被勒住喉嚨，直到那些人成功的把他脖子上沉重的銅製項圈拿下來才停手。接著他的繩索被解開，隨即被丟進一個像鳥籠的板條式木箱裡。他躺在木箱中，度過剩下的這個使他筋疲力盡的夜晚，慢慢平復他滿腔的怒火以及受傷的自尊心。

他無法了解這所有的一切到底是怎麼回事。這些陌生人到底想要對他做什麼？為什麼他們要把他關在這個狹小的木箱裡？他不知道原因，但隱約感覺到一場災難即將來臨。

那天晚上，小屋的門被打開了幾次，他一聽到「嘎吱」的開門聲就馬上跳起，期望能看到法官或是孩子們，但每次看到的都是酒館老闆那張腫胖的臉，藉由微弱的燭光探看著他。巴克每次原本想要叫出的歡樂聲音都吞回喉嚨，轉而成為野蠻的咆哮，但是酒館老闆並未理會他。

隔天一早，四個男人進來把木箱搬出去。那些男人面露凶狠，衣服破爛不堪、蓬頭垢面，巴克知道這些人也是對他不懷好意。他怒氣沖沖地衝到前面，隔著箱子的板條朝著他們狂吠。這幫人只是笑了笑，拿棍子戳他，他馬上咬住棍子不放，直到他明白這就是他們想要的反應。於是，他便悶悶不樂地躺下，任憑那些人把箱子抬到馬車上。

之後，巴克和這個關著他的箱子被轉了好幾手：由快遞公司的職員接手後，他被另一輛馬車運送到別處，接下來他又被送到一個裝著各種箱子和包裹的卡車上，再送到一艘船上。下了船後，一輛卡車又把他送到很大的火車站，最後被安置在一列快車上。

火車轟隆隆地往前急馳整整兩天兩夜，巴克完全沒吃沒喝。在極度生氣的狀況下，他對試圖接近他的隨車人員大聲咆哮，那些人便嘲笑戲弄他。當他衝向籠子的木條，氣得渾身顫抖、口角起泡，那些人卻嘲笑、奚落他。

他們學惡犬般吠叫、學貓一樣喵喵叫，還拍打著手臂，學雞叫的聲音。他知道這一切都很蠢又可笑，但他的自尊因此受到更大的挑釁，也讓他更加憤怒。他一點都不在乎沒吃東西，但是沒喝水讓他非常痛苦，也讓他不滿的情緒更形高漲。而且，巴克原本就處於非常緊張和敏感的情緒中，加上沒有水喝又口乾舌燥，如此惡劣的對待，讓他處於更暴躁憤怒的狀態中。

值得欣慰的是，巴克脖子上的繩索終於被拿下來，那繩子讓那些人佔盡不公平的優勢，但現在繩子被拿下來，他會讓他們知道，他不會讓他們再把另一條繩子套上他的脖子，他在心裡打定主意。兩天兩夜沒吃沒喝，在這兩天中所受到的虐待，讓他累積了滿腔怒火，他決定要讓第一個來惹他的人倒楣。

他的雙眼布滿血絲，像是瘋狂的惡魔，這樣的變化，大概連法官看到他都認不出。當隨車人員在西雅圖把巴克送下車後，都鬆了一口氣。四個傢伙小心翼翼地把裝著巴克的木箱搬下馬車，抬進一座四周有高牆的小後院。一名穿著紅色毛衣，衣領下垂在脖子的粗壯男人走出來，並在馬車夫的簽收單上簽字。巴克猜想這大概是下一個要虐待他的人，因此奮力地用身體撞擊木條示威。那男人輕蔑地笑了笑，並拿來一把斧頭和一根棍子。

「你不會現在就要放他出來吧？」馬車夫問。

「沒錯。」那人一邊回答，一邊把斧頭砍向木箱，打算把木條撬開。四個把巴克搬進來的人，瞬間都跳到牆頭，準備在安全的地方看戲。

巴克衝向碎裂的木條，用利齒狠狠咬住並用力拉扯。斧頭在外面砍到哪裡，籠內的他就衝過去咆哮。當那穿著紅色毛衣的男人平靜地劈著木箱要讓他出去時，巴克恨不得能夠立刻衝出去。

「行了，行了，你這紅眼惡魔。」那男人說。他已經把木箱劈開一個缺口，足以讓巴克從木箱中鑽出。同時他也把斧頭丟下，右手緊緊握著棍子。

巴克壓低身體，全身毛髮豎立，嘴角不斷流出口水，布滿血絲的雙眼閃爍著瘋狂的目光。帶著兩天兩夜累積下來的憤怒，以他一百四十磅的體重直接撲向那個男人。不過還沒咬到那個人，他就在半空中突然遭到一記重擊，讓他痛到牙齒緊閉，身體也翻轉一圈並重摔到地上。

巴克從來沒被棍子打過，也不知道怎麼一回事。伴隨著部分的咆哮聲，更多的是尖叫聲，他再度站起身，一躍而起，卻再次被重擊在地，這次他知道了是那根棍子的威力。怒火中燒的他已經瘋狂到無視於這些，仍舊奮不顧身的撲向那男人十幾次，但每次都被棍子打到摔在地。在一次特別猛烈的一擊後，他爬起身，已經頭暈目眩到無法再衝過去。他不但踉踉蹌蹌、渾身無力，鮮血還從鼻子、耳朵、嘴巴流出來，他漂亮的毛皮沾滿了血跡與唾液。

接著那男人走過來，又故意的朝他的鼻子猛力一擊，這一擊讓巴克頓時痛徹心扉，之前受到的痛楚根本無法相比。他大吼一聲，如獅子般兇惡的撲向那男人，但是那人把棍子從右手換到左手，冷酷地用右手抓住他的下巴，並向下和向後扭轉，巴克的身體在半空中翻轉一圈半後，重重地以頭部和胸部著地的方式摔落在地。

最後一次，他又衝了上去，那人用棍子揮出了先前刻意保留的致命一擊，巴克癱倒在地，完全失去知覺。

「我就說他是一個馴狗高手！」站在牆頭的其中一個男人興奮的大喊。

「德魯瑟每天都要馴服一匹野馬，星期天還兩匹呢！」車夫一邊說，一邊爬上馬車離開。

巴克總算清醒了，但體力沒有恢復，他躺在之前倒下的地方，看著那個穿紅色毛衣的男人。

「他叫作巴克。」那男人看著小酒館老闆附上的信喃喃自語著，信中提到了木箱和裡面的內容物。

「好了，巴克，我的傢伙，」他用一個和藹可親的口吻說，「剛剛發生了一點不愉快，但現在我們最好能把那些都忘了，到此為止。我們都已經很清楚彼此的處境和立場，你如果當個乖狗狗，一切都會很順利。要不然我會繼續把你打到頭破血流，了解嗎？」

那男人一邊說，一邊毫無畏懼的伸手撫摸巴克剛剛被他毒打的頭。當巴克被觸摸時，雖然毛髮不自主地豎起來，但他忍下來沒有反抗。當那人替他端來水，他馬上急迫的喝下去，之後又從那男人手中大口吃下一塊又一塊的生肉。

巴克明白自己被打敗了，但他沒有被馴服。他知道單靠自己，絕對無法贏過一個手拿棍子的人，他會牢記這個經驗，終生不忘。那根棍子對他來說是一個啟示，那將是他要面對的原始世界的基本法則，他只是提前獲知了。現實的生活是更殘酷的，當他無所畏懼地面對時，也激發出潛藏在他本性中的狡詐。

時間一天天過去，又有不少其他的狗被送來，他們有的被裝在箱子裡，有的則被繩子綁著，有的十分溫順聽話，也有的跟巴克剛來的時候一樣，憤怒又咆哮。不管如何，他們最後都臣服於紅衣男人。

一次又一次親眼看到那殘酷的馴服過程，巴克的心裡就更深刻地感受到這個教訓：拿著棍棒的人就是立法者，是需要服從的主人，但不見得需要阿諛奉承。巴克從未違背這最後一點，即便他真的看過敗下陣的狗對著那男人搖尾乞憐，他也看過一隻狗從頭到尾都不肯屈服，被活活打死。

常常有陌生人興奮地或諂媚地來討好紅衣男人，每當這種時候，他們之間就有金錢交易，然後便有一隻或更多隻的狗被那些陌生人帶走。巴克很好奇那些狗到底去了哪裡，為什麼都沒有回來過，也為自己的未來擔憂。每次當他沒被選中，他便暗自慶幸。

然而該來的終究還是來了，一個說著破英語和很多巴克不了解的奇怪字眼的矮瘦男人挑中了他。

「太棒了！」當他一看到巴克就叫嚷著。「這真是一隻很棒的狗啊！多少錢呢？」

「三百塊，這價錢根本像送你一樣！」那紅衣男人馬上回答。「反正花的是政府的錢，你就別討價還價了吧，裴洛特？」

裴洛特咧嘴笑了笑，想到最近因為供不應求，狗的價格已經漲成天價，花三百塊買一隻這樣的好狗並不會划不來。加拿大政府不想花大錢，也不想在派送公文時有所延遲。裴洛特很懂狗，一看到巴克，就知道他是千中選一，不，是萬中選一的好狗。他在心裡讚嘆著。

巴克看到他們兩個有了金錢上的交易，所以當另外一隻比較溫順、名叫柯里的紐芬蘭犬和他一起被矮瘦男人帶走時，巴克並不感到意外。這是他最後一次見到紅衣男人。當巴克和柯里站在納華爾號的甲板看著逐漸遠去的西雅圖，也是他最後一次看見溫暖的南方。

裴洛特把巴克跟柯里帶到船艙中，並把他們交給一個名叫弗蘭索的黑臉大漢。裴洛特是法裔加拿大人，膚色黝黑，弗蘭索則是法裔加拿大人的混血，比裴洛特的膚色還黑一倍。對巴克而言，他從未見過這種膚色的人種（往後他還會見到更多），雖然他對他們沒有感情，但依舊越來越尊敬他們，因為他很快便發現他們兩個都是正派的人，處理事情冷靜且公正，並且非常了解狗的習性，不會被狗愚弄。

巴克和柯里被帶到了納華爾號的底艙，那兒早就有另外兩隻狗。其中一隻雪白大狗叫做史匹茲，來自史匹茲卑爾根群島（Spitzbergen），是被一位捕鯨船長帶來，之後還曾跟著一支地質探查團去極地荒原。

他看起來很友善，其實很奸詐。當他謀畫某種卑鄙的伎倆時，會面帶微笑。例如，當他們第一次一起進食，他就偷吃了巴克的食物。巴克氣得準備懲罰他時，弗蘭索的鞭子已從空中呼嘯而過，打在那隻狗的身上。巴克奪回了被偷的骨頭，雖然已經所剩無幾，但在巴克心裡認定，弗蘭索是個公正的人，不禁對弗蘭索產生莫大的好感。

另一隻狗既不跟別人示好，也無視於別人的示好，也不會試圖偷吃新來的食物，是個陰沉、鬱鬱寡歡的傢伙。他曾明確的跟柯里表示，他只想獨自待著，誰都不要輕易打擾他，否則就會要對方好看。大家叫他戴夫，他每天吃了睡，睡了吃，時不時打打哈欠，對任何新事物都毫無興趣。即使有一次當納華爾號穿過夏洛特皇后灣（Queen Charlotte Sound），整個船身前後擺動不停，搖晃得很厲害，巴克和柯里都緊張害怕到快瘋了，他卻只是有點不高興地抬了抬頭，以冷漠的眼神看了他們一眼，打了一個哈欠又繼續睡。

整艘船日復一日地航行著，儘管每天的生活幾乎一成不變，巴克卻覺得天氣越來越冷了。終於有一天早上，船的推進器靜止了，船上瀰漫著一股興奮的氣氛，巴克和其他狗都感覺到情況就快要有不同的改變。弗蘭索把他們套上繩子，牽著他們走上甲板。一踏上冰冷的甲板，巴克的腳便陷入像泥巴一樣軟軟的白色東西裡。他輕哼了一聲跳起來，有更多這種白色的東西從天空而降，落在他的身上。他甩了甩身體，但有更多落在他的身上。他好奇地聞了聞，再用舌頭舔了一下。

嘗起來有點像火一樣，有刺刺的感覺，但下一刻就消失了。這讓他感到很困惑。他又試了一次，結果還是一樣。圍觀的人哈哈大笑，讓他感到不好意思，他不知道這些人為什麼要取笑他，這可是他第一次見到雪啊！要知道，這可是他第一次見到雪。

CHAPTER

2

棍棒和利齒的法則

突然，他的前爪陷進雪地裡，身體也跟著陷下去，有什麼東西在腳下蠕動。他飛快跳開，豎起鬃毛吼了起來，被這不知所以的東西嚇一大跳。但他聽到一聲微弱友好的呼喚，便鬆了一口氣，對巴克來說，在戴伊（Dyea，位於美國阿拉斯加州）海岸的第一天，可說是場噩夢，每分每秒都充滿了衝擊和震驚。他突然從文明世界的中心，被丟到最原始蠻荒的地方。這裡不再有可以懶洋洋地曬太陽、無聊的遊來晃去的日子。這裡不平和，也無休息，更沒有片刻的安全。所有的一切都處於混亂和動盪中，性命時時刻刻都受到威脅，因為這裡的狗和人跟城市裡的狗和人不同，他們都很野蠻，除了棍棒和利齒的法則外，完全無視於法律，需要隨時保持警戒。

他從來沒有見過狗打起架跟狼一樣凶狠殘暴，而這次的初體驗讓他上了終生難忘的一課。這倒是真的，若不是這件事發生在其他狗的身上，他就沒機會從中擷取經驗了，而柯里就是這次事件的犧牲者。

他們在一間木材店附近紮營，柯里以平常一貫溫和友好的方式走向一隻哈士奇，那隻哈士奇大約是一隻成年狼的大小，身形連柯里的一半都不到。在沒有任何徵兆下，那隻狗像閃電般一躍而起，在一瞬間咬了柯里一大口後跳開，柯里的臉從眼睛到下巴的部分就皮開肉綻了。

這是狼的打鬥方式，襲擊後就跳開，但還不只這樣，三、四十隻哈士奇跑過去，屏氣凝神的注視著他們，將他們兩個圍在中間。巴克不了解為何他們無聲的環顧著，又表現出一副像在吃排骨時的急切模樣。

柯里衝向她的對手，對方再次襲擊她後跳到一旁。當她再次撲上去的時候，她的對手以一種奇特的方式，用胸膛將柯里撞擊在地上，柯里便再也沒有站起來。那些圍觀的哈士奇等待的就是這一刻，他們一哄而上，將她踩在腳底下，咆哮並尖叫著，柯里就被這一大群狗埋在下面，發出痛苦的哀嚎聲。

事情發生得太突然，太出乎巴克的想像，他被嚇得目瞪口呆。他看見史匹茲深紅色的舌頭，就好像是在竊笑；他還看見弗蘭索揮舞著斧頭，衝進亂成一團的狗群中，三個手拿著棍子的人過來幫他一起驅散那群狗。才不過兩分鐘，從柯里倒下，到最後幾隻襲擊她的狗被棍子驅趕，並沒有多長的時間，柯里已經在一片滿是爪印、血跡斑斑的雪地中斷氣，而且是血肉模糊、支離破碎。那個皮膚黝黑的混血兒站在柯里旁，生氣的咒罵著。

柯里慘死的這一幕後來經常出現在巴克的夢中，讓他睡不安穩。然而生命就是如此，沒有所謂的公不公平，一旦倒下就徹底完蛋了。對，所以巴克時時警惕自己絕對不能倒下。史匹茲又吐出舌頭竊笑著，從那之後，巴克就一直非常討厭他，對他恨之入骨。

在從柯里慘死造成的衝擊中恢復過來之前，巴克又受到了另一次衝擊。他被弗蘭索在身上套了一副有環扣的皮帶，這是一副挽具，就像他在家看見馬車夫把這東西套在馬匹上，好讓馬匹工作。而他現在也要開始工作了，拉著坐在雪橇上的弗蘭索去山谷邊的森林，拉回一車柴火。雖然他的自尊心因此受到嚴重損傷，但他學乖了，沒有反抗。儘管他對這項工作非常不熟悉，還是努力地工作著。

弗蘭索很嚴厲，藉由鞭子獲得立即的服從，而且有很好的效果。戴夫是隻經驗老到的壓隊狗，只要巴克稍有差錯，他就咬巴克的後腿；史匹茲是隻領頭狗，一樣很有經驗。雖然他無法總是咬巴克教訓他，但他時不時會以咆哮怒斥巴克。不然就是狡猾的以身體的重量拉動牽繩，將巴克拉回該走的方向。

巴克學習得很快，在兩個同伴以及弗蘭索的共同訓練下，有很大的進步。當他們回到營地，他已經學會聽到「候」的指令要停止，聽到了「碼續」要前進，轉彎時角度要大；當滿載木材的雪橇從他們身後滑下坡，要跟壓隊狗保持距離，不要被撞到。

「三隻狗都超棒的，」弗蘭索用著怪腔怪調的口音跟裴洛特說，「特別是那個巴克，拉得真是好，不管教他什麼，一下子就學會了。」

下午，急著遞送公文的裴洛特又帶來了兩隻狗，他叫他們比利和喬。他們是兄弟倆，而且是純種的哈士奇。雖然是出自同一個母親的親兄弟，但個性卻南轅北轍。比利的一個缺點就是脾氣太好了，喬則完全相反，乖戾又內向，常常沒完沒了的叫，還一副惡狠狠的眼神。巴克把他們當同伴看待，戴夫對他們不理不睬，史匹茲則撲上去，咬了這個又咬那個。

比利搖尾乞憐想要爭取史匹茲的好感，但發現沒用時，趕緊轉身就跑。當史匹茲尖利的牙齒咬他的側腹時，他一陣哀號，但還是繼續搖尾乞憐。不過無論史匹茲怎麼繞圈子，喬都跟著他一起轉，讓身體面對著他，並且鬃毛直豎，兩耳向後緊貼，雙眼目露兇光，齜牙咧嘴地咆哮著，一副隨時準備交戰的模樣。喬可怕的模樣讓史匹茲放棄了想要教訓他一頓的念頭，但為了掩飾自己的不滿，他只好對著懦弱又唉唉叫的比利出氣，一直把他趕到營地的邊緣才罷休。

到了晚上，裴洛特又弄到一隻狗，一隻老哈士奇，他的體型乾癟瘦長，臉上滿布戰鬥後的傷疤，僅存的一隻眼睛閃耀著警告的意味，讓人不寒而慄。他叫作索爾雷克斯，意思是「發怒的傢伙」。

和戴夫一樣，索爾雷克斯沒有什麼奢求、沒有什麼施予，也沒有什麼期望。當他慢條斯理、不慌不忙走到他們中間，連史匹茲都不敢碰他。不過巴克有點倒楣的發現他一個與眾不同的地方，那就是他不喜歡有人靠近他瞎眼的那一邊。巴克在無意中觸犯到他這個忌諱，直到索爾雷克斯撲上來把他的肩膀咬開一個三英寸長、深及骨頭的傷口，巴克才意識到自己的過失。

從那次之後，巴克就再也沒靠近他盲眼的那邊，直到他們不是同伴關係前，他們再也沒發生紛爭。索爾雷克斯唯一明顯的願望和戴夫一樣，就是不要被打擾。巴克後來明白，他們都有另一個甚至更重要的願望。

那一晚，巴克要面對的大問題是「睡覺」。帳篷裡點著一根蠟燭，在一片白雪茫茫中顯得非常溫暖，但是當巴克理所當然地走進去時，裴洛特和弗蘭索都對著他破口大罵，還拿炊具丟他，直到他從驚愕中回神，才滿是屈辱地逃到外面的寒風中。

一陣凜冽的風吹來，他感到全身寒冷刺骨，尤其是受傷的肩膀，像被毒液侵蝕般痛如刀割。他躺在雪地上試圖入睡，但嚴寒馬上就讓他全身發抖，他哀傷又淒涼地在各個帳篷間到處遊蕩，結果發現每個地方都一樣冷，還會碰上一些野蠻的狗想要撲過來，他豎起脖子上的毛吼叫著（這招他學得很快），他們就讓他安然無恙的離開。

他後來想到一個方法。他要回去看看隊友們都是如何睡覺的。讓他吃驚的是，他們都不見了。於是他在營地中繞來繞去尋找，不斷的來來回回都沒看見。他們難道在帳篷裡嗎？不，不可能，否則他就不會被趕出來。那他們到底在哪裡呢？他無力地垂著尾巴，渾身發抖，非常孤獨又漫無目的地繞著帳篷遊蕩著。突然，他的前爪陷進雪地裡，身體也跟著陷下去，有什麼東西在腳下蠕動。他飛快跳開，豎起鬈毛吼了起來，被這不知所以的東西嚇一大跳。但聽到一聲微弱友好的呼喚後，便鬆了一口氣，他過去看看怎麼回事。一股熱氣迎面而來，原來是比利蜷縮成一團，舒服地躺在積雪下面。他以安撫的聲調發出聲音，同時扭動身體示好，甚至大膽的用自己溫暖溼潤的舌頭舔巴克的臉，作為雙方友好的表現。

巴克又上了一課。嗯，原來他們是這麼睡的！巴克充滿信心地選了一個地方，花了不少力氣才挖好一個自己可以睡的洞。沒多久，他的體熱就讓小小的洞變溫暖，他也睡著了。這一整天漫長又辛苦，雖然他因為噩夢連連吼叫與咆哮，但仍然睡得又香又甜。

第二天一早，直到營地裡的各種聲響把他吵醒之後，他才睜開雙眼。起初，他連自己在哪裡都搞不清楚。夜裡下過雪，把他完全掩埋了。雪牆從四面八方壓著他，他感到一陣強烈的恐懼，那是一種像是野獸對陷阱的恐懼。這象徵他將回歸到祖先們的生活，因為他是一隻經過文明洗禮的狗，一隻過度文明化的狗，若依他自己的閱歷，根本不知道什麼是陷阱，也就不會恐懼。不過，現在他全身的肌肉卻本能地收縮著，脖子肩部的毛髮聳立，發出一聲凶狠的咆哮，筆直地衝出洞穴到外面那讓人刺目的太陽下。隨著他的躍起，雪花飛起像雲朵一般。在他落地之前，他看到眼前那片被白雪覆蓋的營地，明白了自己在什麼地方，也想起自己和曼紐爾散步後，直到昨天晚上他替自己挖一個洞，這段時間發生的一切經歷。

他一出現，弗蘭索便高興地大喊。「我就說吧！」這個駕狗的傢伙對著裴洛特說，「這個巴克真的學什麼都很快。」裴洛特神情嚴肅地點了一下頭。身為加拿大的信使，肩負著重要的遞送公文責任，他非常需要最棒的狗來協助，他非常高興有巴克這樣優秀的狗。

不到一小時，這支隊伍又增加三隻哈士奇，整隊的狗兒總數達到九隻。不到十五分鐘，他們就被套上挽具，奔馳在前往戴伊峽谷的雪道上。

巴克對於可以離開這兒感到很高興，雖然工作很辛苦，但他並不覺得特別討厭。上路後，他對全隊展現出的滿滿活力十分驚訝，而這氣氛也感染到他。不過更讓他驚訝的，是戴夫和索爾雷克斯的改變。他們倆個套上挽具後，完全變成另一隻狗。他們不再是原來的被動和漠不關心，轉而成為靈活又積極，想要讓工作順利進行。對於會造成工作延宕的任何延誤或混亂，都會讓他們感到非常煩躁，拖雪橇這件辛苦的工作，似乎是他們生命中最重要的意義，也是唯一能讓他們高興的事。

戴夫是壓陣狗，巴克在他的前面，再往前是索爾雷克斯，其他狗單行的成一縱列往前面排過去在領頭狗的身後，領頭狗的職務則由史匹茲擔任。

巴克被刻意的安排在戴夫和索爾雷克斯中間，以便接受他們的指點。巴克學得很快，他們兩個也很會教，不會讓巴克一直犯同樣的錯，並且會用利齒施以教訓。戴夫很公平也很聰明，從不會無緣無故地咬巴克，但當巴克需要被教訓時，他也絕不客氣。

由於戴夫有弗蘭索的鞭子當靠山，巴克發現與其反抗報復，還不如改正錯誤比較合算。有一次短暫休息後，出發前，巴克被挽繩纏住而延遲了出發的時間，戴夫和索爾雷克斯便一齊衝上來，狠狠地教訓了他一頓。

雖然後來挽繩反而被纏得更亂了，但是之後巴克便很小心，不再讓挽繩纏在一起。這一天還沒結束，巴克已經能得心應手地處理工作，他的夥伴也不用再教訓他，弗蘭索甩鞭子的次數也變少了，裴洛特甚至還把巴克的腳抬起來仔細檢查，讓他很有面子。

那天非常艱辛，他們爬上峽谷，越過羊營區（Sheep Camp），經過斯凱爾斯地區（Scales）和森林小徑，跨過一道道深達百呎的冰川和雪堆，並越過矗立在鹹水與淡水間，孤寂又悲涼的北方大陸的天然屏障——高聳的奇爾庫特分水嶺

（Chilcoot Divide）。

他們順利的經過一連串死火山旁的湖泊，深夜時分趕到了貝內特湖（Lake Bennett）源頭的大營地。那裡有成千上萬的淘金者在造小船，以備春天冰雪融化時可以使用。

巴克在雪地裡挖了一個洞，全身疲憊的入睡，第二天還很早，他和同伴在天還沒亮、天氣很冷時，就被叫醒並套上雪橇，準備上路了。那天他們跑了四十哩路，一路上都是已經被壓得結結實實的雪道。但隔天，還有接下來的好幾天，他們必須自己開路，不但花了很多時間也更辛苦。

通常裴洛特都走在隊伍的最前面，用他那雙寬底的靴子把雪道踩結實，他們就會更容易前進。弗蘭索則控制著雪橇的方向往前行駛，有時會和裴洛特交換一下，但不常。裴洛特急著趕路，他為自己對冰的了解感到自豪，這些知識是必不可少的，因為秋天的冰層很薄，水流湍急的地方也還沒結冰。

一天又一天，巴克辛苦拉著雪橇的日子似乎沒完沒了。他們總是在天還沒亮就拔營，天邊出現第一道曙光時，他們早已跑了好幾英里的路。他們總是等天黑後才紮營，吃了一些魚，就爬到自己挖的雪洞睡覺。巴克永遠處於挨餓的狀態，他每天的食物就是一磅半的鮭魚乾，對他來說像沒吃一樣，從沒吃飽過，忍受著無止境的飢餓感。然而，其他的狗個子比他小，加上本來就過著這種生活，雖然只有一磅的魚，卻能維持不錯的狀況。

他很快就改掉以前講究的習慣，這本來是他以前生活中的特色。他發現若還是跟以前一樣優雅斯文的吃東西，他的夥伴一吃完自己的食物，就會過來搶他還沒吃完的，而且防不勝防，因為就在他驅趕那兩或三隻狗的時候，其他的狗就把他的食物吃掉了。

為了不讓這種狀況再度發生，他便吃得像其他狗一樣快；原本他不想拿不屬於他的東西，但強烈的飢餓感迫使他也去拿取那些不屬於他的食物；他一邊觀察，一邊學習。

他看見派克，一隻新來的、很善於裝病和偷竊的狗——趁著裴洛特轉身時，狡猾地偷走了一片培根，第二天他就如法炮製，把一整塊肉都偷走。結果造成一陣騷動，但沒有人懷疑他，反倒是每次偷東西都被抓到的笨拙杜博，成為巴克的代罪羔羊被處罰。

這第一次的偷竊行為表示巴克可以在北方大地的嚴酷環境中生存，說明巴克具有足夠的應變力適應不同環境的變化。沒有這種能力，就代表著不用多久他便會悲慘地死去。此外，這也代表著他的道德良知正逐漸衰退崩潰。

在無情的生存鬥爭中，道德良知只會成為絆腳石。在南方，大家遵守愛與友誼的法則，尊重私有財產和個人情感，一切都會相安無事，但在以棍棒和利齒為法則的北方大地，誰要是相信這些東西，那就是個笨蛋。就巴克的觀察，這種笨蛋沒辦法在這裡生存下來。這並不是巴克推論出來的，他只不過是順應了環境，就這麼簡單，在不知不覺間，使自己適應了新的生活方式。

在他的生命中，無論情況多麼不利，他從來沒當過逃兵。不過那個穿著紅毛衣男人手中的棍子，把更基本、原始的法規，強力的打進了他的心中。文明化的他，可以為了道義而死在米勒法官執法的馬鞭下，但現在徹底野蠻化的他，為了生存而不顧道義。

他不是為了好玩偷東西，是因為要填飽肚子。不過他不是公開的搶奪，而是暗中狡猾地偷竊，那是出於他對棍棒和利齒的敬畏。總而言之，他之所以做這些事，是因為做比不做好。

他進步（或說退步）得很快。肌肉變得如鋼鐵般結實，對於一般的疼痛已經不以為意。不論內在或外在，他都發展出最好的經濟效益。他什麼都吃，不管多麼難以下嚥或是難以消化，一旦吃下去，他的胃液就會從中連最後一點養分都吸收進去；他的血液就會把這養分輸送到全身各處，並使養分轉化成最堅韌結實的身體組織。

他的視覺和嗅覺變得非常敏銳，聽覺更是，以致他在睡夢中聽到極其細微的一點聲響，就可以判斷這聲響代表平安還是凶險。當腳趾之間結滿冰塊，他學會用牙齒把冰咬掉；當想要喝水，水面結了一層厚厚的冰時，他會用後腳站起，用前腳把冰打碎。

他最特別的本領就是能聞出風的氣息，而且前一晚便可預知。即便他在樹下或堤岸旁挖洞時，一點風都沒有，但是之後一定會刮起風，而他老早就已經在背風的位置舒服休息了。

他不但從經驗中學習，早已失去的本能也再度復活。他被文明馴化出的習性正慢慢消失，並朦朧地想起他這個種族的原始時代，當時野狗成群結隊的穿梭在原始森林追捕獵物維生。對他來說，以利齒撕咬、像狼一樣突然咬擊的戰鬥方式並不需要特別學習，那些被遺忘的祖先就是以這種方式戰鬥。他體內潛伏的祖先的原始本性越來越顯現出來，祖先保留在血統遺傳的那些求生技能成為他的本領，完全不用學習，就像是與生俱來便有這些能力。

在靜寂的寒夜裡，當他對著星星揚起鼻子發出像狼一般的長嗥時，也正是那些早已歸為塵土的祖先，過了這麼多世紀，經由他仰起鼻子對著星星嗥叫出相同的腔調，並從中表達他們的悲哀，也代表著他們在寒夜中的孤寂。

因此，如同訴說生命就像一齣傀儡戲一般，他內心流瀉出古老的歌，他又回歸到原本的自己，這全是因為人類在北方大地發現了一種黃色金屬，因為曼紐爾的工錢不能滿足妻子和那幾個小寶貝的需要，所以他才來到這裡。

CHAPTER

3

潛藏在生命的統治欲望

這種自豪讓戴夫樂於當一隻壓陣狗，讓索爾雷克斯願意用盡全力拉車。這種自豪讓他們每次要離開營地上路時，從一群陰沉、殘暴的野狗，變成很有熱情、充滿活力的生物。

巴克有著強烈的統治欲望，這原本便隱含在他本性中，只是隨著嚴苛的拉雪橇生活不斷被強化。不過這樣的欲望是暗地裡滋長的。剛學習到的狡詐，讓他知道要不動聲色並自我節制；他忙於適應新生活而無暇顧及其他。他不但不會主動挑起戰鬥，更盡可能避免。現在他做任何事都很有分寸，既不會魯莽行動，也不操之過急。即便他很討厭史匹茲，也不會表現出不耐煩，避免所有挑釁行為。

另一方面，史匹茲可能已經察覺到巴克是個有威脅性的對手，總是時不時就挑釁他，甚至想盡辦法欺負巴克，不斷想要跟他來一場你死我活的決鬥。要不是發生一場意外事件，這場你死我活的決鬥或許早在旅行一開始就發生。

那天工作結束後，他們在勒巴吉湖畔（Lake Le Barge，加拿大育空地區的湖泊）找了一個荒涼又冷清的地方紮營。大雪紛飛，寒風刺骨，風像利刃般地刺入皮膚，四周一片漆黑，他們從未碰過比這還惡劣的狀況，被迫摸黑尋找地方紮營。為了減輕負擔，早在戴伊的時候，他們就已經把帳篷丟掉。他們背後是一座陡峭的懸崖，裴洛特和弗蘭索只好撿來一些漂流木，靠著崖壁，在結冰的湖面生火、打地鋪。但沒多久，解凍的冰就把火熄滅，他們只好在黑暗中吃晚飯。

巴克倚靠著能遮風避雨的岩石邊挖了一個小窩，舒服又溫暖，當弗蘭索分發烤過的魚給他們時，他甚至不想離開自己的溫暖小窩。當他吃完飯回來，他發現自己的小窩竟然被占據。一聲充滿示警意味的咆哮從洞內傳出，他知道闖入者就是史匹茲。

到目前為止，巴克一直避免跟史匹茲發生衝突，但這次實在太過分。他體內的獸性咆哮著，怒氣沖沖地衝向史匹茲，這個舉動讓他們兩個都嚇了一跳，特別是史匹茲。因為根據和巴克相處的經驗來看，他覺得巴克就是一隻膽小狗，只不過因為體型大，讓他還能有一些面子。

弗蘭索更被嚇了一大跳，不過當他們彼此扭打，從被破壞的雪洞裡出來時，他大概知道了原因。他朝巴克喊著，「啊！讓給他吧，看在老天的分上，就給那個骯髒的小偷吧！」

史匹茲早就想跟巴克決鬥。他憤怒並急切地吼叫著，同時來回的轉著圈子，想要找機會撲過去。巴克也非常生氣，卻很謹慎地來來回回兜圈子，找尋有利的機會。就在這時，一件意料之外的事情發生了，讓他們這場爭奪戰推延到很久之後的未來，直到歷經長途疲倦的旅程和辛勞才發生。

裴洛特突然一聲咒罵，接著便響起棍子打到骨頭的聲音，傳出淒慘尖厲的叫聲，顯示就要發生一場混亂的騷動。一群骨瘦如柴的的哈士奇出現在營地，大概有八、九十隻，他們從印地安村莊循著氣味來到這裡，趁著巴克與史匹茲打架，悄悄溜進來。

當裴洛特和弗蘭索衝進狗群，拿棍子打那些狗，他們也齜牙咧嘴的反擊，那些狗因為聞到食物的香氣已經發狂。裴洛特發現一隻狗把頭伸進食物箱中，他舉起棍子用力打在那隻狗瘦削突出的肋骨上，結果箱子也被打翻在地上。一瞬間，二十幾隻飢不擇食的狗擁上來搶奪麵包和培根，棍棒打在他們身上完全毫無作用。他們在如雨般落下的棍棒打擊下慘叫著、嚎叫著，但仍瘋狂的搶奪食物，直到最後的一點麵包屑被吃掉才停止。

與此同時，受到驚嚇的雪橇狗從雪洞衝出來，但只有被這些兇猛入侵者攻擊的份。巴克從未看過這樣的狗，那些狗都瘦到身上只剩一層皮，像骷髏一般，每隻的雙眼都閃閃發光，有著長長的牙齒並流著口水，極度的飢餓使他們非常瘋狂，什麼都不怕，並且難以抵禦。

雪橇狗才剛開始攻擊，就被趕到懸崖下，巴克被三隻哈士奇包圍，才一下子，肩膀和頭就被咬傷。這喧鬧非常可怕，比利跟往常一樣被嚇得悲泣，戴夫和索爾雷克斯英勇的並肩作戰，被咬了數十個傷口，血流不止。喬像魔鬼般的亂咬。有一次他咬住一隻哈士奇的前腳，然後就「嘎拉」一聲，把他的骨頭咬碎了。經常裝病的派克就跳到這隻殘廢的狗身上，用尖利的牙齒咬住，迅速一扭，把他的脖子咬斷。巴克咬住一隻口吐白沫的狗的喉嚨，當他的利齒咬斷那隻狗的頸動脈，鮮血噴濺到他一身。溫熱的鮮血充滿在他的嘴裡，讓他更加的兇猛，馬上又撲向另一隻狗。就在此時，他突然感到自己的喉嚨被咬住，原來是史匹茲窩裡反的從側面攻擊他。

裴洛特和弗蘭索趕走了營地上的狗，心急如焚地來挽救他們的雪橇狗。那些飢餓的野獸在他們面前稍微退開了些，巴克也及時從史匹茲的牙齒下掙脫。不過，這樣的狀況只維持了一下子。那兩個男人匆忙跑回去搶救糧食，那群哈士奇又衝上來攻擊。比利被嚇呆了，反而勇敢地衝出那群野獸的包圍，飛也似地逃向結冰的湖面。派克、杜博緊跟在後，雪橇隊中的其他狗也跟著逃走。

當巴克提起精神正想跟大家一起衝出去時，眼角餘光發現史匹茲朝他衝來想把他撞倒。他知道自己若被撞倒在這群哈士奇的腳下就完了，因此挺直身體抵擋史匹茲的衝撞，然後跟上同伴逃向湖面。沒多久，這九隻雪橇狗聚集在一起，在森林裡找尋可以隱藏休息的地方。

雖然逃離追殺，但他們的處境十分悲慘，每隻狗的身上都至少有四、五個傷口，有些非常嚴重。杜博的一條後腿受了重傷，最後一隻在戴伊加入雪橇隊的哈士奇多麗，喉嚨有嚴重的撕裂傷，喬瞎了一隻眼睛，個性溫和的比利，一個耳朵被咬得稀巴爛，低聲嗚咽了一個晚上。天色剛亮，他們一跛一拐、小心翼翼地回到營地，發現那群搶奪糧食的哈士奇已經離開。

兩個男人心情非常沮喪，因為糧食被吃掉了一大半，甚至雪橇的繩索和帆布蓋也被咬爛了。事實上，不管多難下嚥的東西，都沒有逃過他們的掠奪。他們把裴洛特的一雙由駝鹿皮做成的鹿皮鞋、一段皮繩都吃掉了，甚至連弗蘭索鞭子的最末端兩呎也被啃了。弗蘭索從皮鞭被咬壞的悲傷沉思中回神，看了看那群受傷的狗兒。

「啊，我的朋友，」他輕輕地說，「你們被咬的那麼嚴重，會不會變成瘋狗呢？該不會全都瘋了吧？嗯，你認為呢，裴洛特？」那個郵差難以確認地搖了搖頭。距離道森（Dawson）還有四百哩的路，他沒辦法承受他的狗群中有狗發瘋。他們一邊咒罵，一邊努力收拾現場的混亂，兩個小時後，這群傷痕累累的狗又上路了，忍著痛繼續前進，也是這段往道森的路途中最艱辛的部分。

三十哩河（Thirty Mile River）廣闊的開展著。河水滔滔不絕還沒結冰，只有在水渦處和水流平緩的地方有些冰。他們走了整整六天，才走完這段艱險的三十哩路。他們每一步都走得膽戰心驚，不論人或狗，都是冒著生命危險在前進。裴洛特在前面探路時，踩破冰層掉下河十幾次，都是靠他帶的長竿子救了一命。那根長竿每次都會卡在被踩破的冰洞兩側，支撐著他的身體。不過寒流來了，溫度降到零下五十度，為了活下去，每次掉下水後，他都不得不點燃火堆把衣服烘乾。

沒有什麼事能夠讓裴洛特退卻，就因為他什麼都不怕，才被選為政府的信差。他不怕任何危險，從黎明到黑夜，他那瘦小乾癟的臉龐，堅定的對抗著嚴寒的風雪。他沿著結冰的崎嶇河岸前行，每踏出一步，腳下的冰層就發出迸裂的聲音，讓他們完全不敢停下腳步。

有一次，巴克和戴夫跟著雪橇一起掉進冰河差點溺斃，被救上來時，已經被凍得半死。兩個人照例點燃火堆拯救他們，但巴克和戴夫身上裹了一層厚厚的冰，那兩個人便要巴克和戴夫不斷地繞著火堆跑，兩隻狗很快就汗流浹背，身上的冰也跟著融化了。也因為靠火堆太近，連自己身上的毛也被火碰到，發出一股燒焦味。

還有一次，史匹茲掉進水裡，把整批隊伍都拖下去，直到巴克才止住，巴克馬上把前爪踩緊在溼滑又破碎的冰面邊緣上，用盡全力向後拉，四周的冰層不斷地顫動並破裂。在巴克後面的戴夫也用盡全力往後拉，在雪橇後的弗蘭索更是緊緊拉住，全身的筋骨都因此「咔咔」作響。

又有一次，前後的冰層都碎裂了，除了爬上懸崖，再沒有其他辦法。正當弗蘭索祈禱奇蹟降臨時，裴洛特神奇地爬了上去。他把所有的皮帶、鞭子、繩子連結起來，成為一根長繩子，然後把狗一隻隻吊上懸崖頂端，當雪橇和貨物也都吊上去之後，弗蘭索才爬上來。然後，又要開始尋找可以下去的地方。下去時，他們也是借助那根長繩，當回到有結冰的河道時，早已經天黑，那天他們只走了四分之一哩的路程。

到了胡泰林克（Hootalinqua，位於加拿大育空區），冰面易於行走，但巴克已經筋疲力盡，其他狗也是一樣。不過裴洛特想要彌補被耽擱到的進度，依舊催趕著他們繼續前進，天還沒亮就動身，天黑了才休息。第一天，他們跑了三十五哩路到大鮭魚河（Big Salmon），第二天又走了三十五哩路抵達小鮭魚河

（Little Salmon），第三天則走了四十哩路，快接近五指急流（Five Fingers）。

巴克的腳並不像哈士奇那樣結實堅硬。自從他最後一代野生的祖先被穴居或是依河而居的人類馴化後，經過這麼多代，腳已經軟化了。這些天來，他每天都很痛苦的一拐一拐跑著，一安營紮寨，他就像隻死狗一樣的躺著。就算非常餓，也不想挪動腳步去領取魚乾，弗蘭索只好幫他送過去。此外，每天晚餐後，弗蘭索會幫巴克的腳按摩半小時，他還用自己鹿皮鞋的上半部，為巴克縫了四個小鹿皮鞋，讓可憐的巴克減輕不少苦痛。有一天早晨，弗蘭索忘了幫巴克穿鹿皮鞋，巴克就仰躺在地上，四隻腳不停的在空中揮舞並哀求著，好似沒有鞋子就不起身出發的模樣。這個情景讓裴洛特乾癟瘦小的臉龐都忍不住咧嘴一笑。之後，巴克的腳逐漸強壯到能夠應付旅程，以前的傷痛也都復元，早已破舊不堪的鞋子就丟掉不用了。

在佩利河（Pelly）的一個早上，當他們正準備套上挽具出發，從來不出鋒頭的多麗忽然發狂，發出又長又令人膽戰心驚的狼嚎，那聲音讓每隻狗都嚇得半死，大家才發現她不對勁了。接著她突然衝向巴克，巴克從未看過發瘋的狗，所以不知道瘋狗有多可怕。但他知道狀況是可怕的，馬上倉皇失措地逃走。他拚命的往前跑，多麗流著口水、氣喘吁吁地跟在後面，只有一步之差，但多麗就是沒追上；巴克太害怕了，但怎麼樣也甩不掉她，他死命地逃，多麗又瘋狂的追趕。

巴克跑進島中央的濃密森林區，又飛奔到地勢較低的另一端跑去，穿過一條布滿碎冰的小水道，跑到了另一個島上，接著又逃往第三個島，後來又返回主要河道，拚命的要追越它。

雖然自始至終他都不敢回頭看，但可以聽見多麗的咆哮聲就在身後一步之遙。弗蘭索在四分之一哩外的地方叫巴克，他便轉身往回跑，依然跟多麗保持著一個跳躍的距離，痛苦地喘著氣，把希望寄託在弗蘭索能夠拯救他。弗蘭索手中拿著斧頭，當巴克快速經過，斧頭就落下，把發瘋的多麗的腦袋砍下。

巴克踉踉蹌蹌地走去靠在雪橇上，無助又嗚咽地喘著氣。史匹茲的機會來了，他跳向巴克，用利齒啃咬這個毫無抵抗力的對手兩次，並將他咬到深可見骨。這時，弗蘭索的長鞭毫不留情地打向史匹茲，巴克很滿意的觀賞著史匹茲接受雪橇隊有史以來最嚴厲的一次毒打。

「史匹茲真是個惡魔。」裴洛特氣憤地咒罵道，「總有一天，巴克會被他咬死。」

「巴克是雙重惡魔，」弗蘭索反駁，「我一直在觀察他，對他很了解。聽著，我敢說巴克總有一天會瘋狂地把史匹茲撕成碎片，再把他吐在雪地上。」

從那時開始，巴克和史匹茲就經常發生戰鬥。史匹茲作為一個領頭狗和雪橇隊中大家公認的領導者，感到自己的權威受到這隻奇怪的南方狗的威脅。巴克之所以讓他感到奇特，那是因為在他所知道的南方狗中，沒有一隻能像巴克一樣，在營地與勞苦的工作中表現得這麼出色。他知道的南方狗都非常軟弱，會因為耐不住嚴寒、飢餓和艱苦的勞役而死。但巴克是個例外，他不但忍受下來，還表現得很好，他的力氣、野性以及狡猾，足以與哈士奇相匹敵。

無可否認，巴克確實是一隻很棒的狗，他之所以變如此危險，是那個穿著紅色毛衣男人的棍棒，把他因為不想被統治而產生的盲目勇氣和魯莽行為都打掉了，轉而變得非常狡猾，能夠非常有耐心的等待機會來臨。

他們之間爭奪權力的衝突不可避免，早晚都會發生。巴克想要成為領導者，這欲望來自他的本性，來自於他在挽具下努力工作所產生的一股難以言喻、不可理解的自豪感，並且深刻地影響著他。這種自豪感讓狗兒願意做牛做馬到最後一口氣，讓他們甘願在挽具下辛勤工作到死。如果不讓他們工作，他們反而會感到心碎。

這種自豪讓戴夫樂於當一隻壓陣狗，讓索爾雷克斯願意用盡全力拉車。這種自豪讓他們每次要離開營地上路時，從一群陰沉、殘暴的野狗，變成很有熱情、充滿活力的生物。

白天，這自豪感鞭策著他們努力向前，夜晚來臨，他們紮營休息時，這股自豪感就消失無蹤，使他們又陷入陰鬱的不滿和不安之中。正是這種自豪激發了史匹茲的責任心，使他去懲罰那些在行程中出錯、懶惰，或在清晨要套上挽具車時躲起來的傢伙；也正是這種自豪，讓他害怕巴克會把他的權力搶走成為領導者，而這也正是巴克感到驕傲的部分！

巴克開始公然威脅史匹茲的領導地位，故意在史匹茲和該受懲罰的傢伙之間挑撥離間。有一天晚上下了非常大的雪，隔天早晨，很會裝病的派克沒有出現，安然地躲在積雪一呎深的雪洞裡。弗蘭索大聲喚他，找他，都不見蹤跡。史匹茲也快氣瘋了，憤怒地翻遍整個營地，到處嗅聞，還用爪子把每個可能藏身的地方都刨過了。他可怕的咆哮聲，讓躲在雪洞裡的派克一直發抖。

等派克總算被找出來時，史匹茲飛也似地撲過去要懲罰他。巴克突然很憤怒的飛撲到他們之間。由於事出突然，巴克又行動敏捷，史匹茲在毫無防備下，被這突如其來的阻擋撞得四腳朝天，向後倒地。原本在一旁瑟瑟發抖的派克看見這樣的公開反叛，不禁勇氣大增，跳到倒在地上的史匹茲身上。巴克早已忘了什麼是公平競爭，也撲向史匹茲。

弗蘭索對這突發狀況覺得好笑，但他仍毫不遲疑並公平的執法，拿鞭子狠狠地抽打巴克，但這一鞭並沒有把巴克從倒在地上的史匹茲身上趕走。弗蘭索便拿著鞭子的末端敲打巴克。巴克被這一擊打得頭暈目眩，往後退開，同時史匹茲也嚴厲的處罰了一再犯錯的派克。

接下來的日子，離道森越來越近了，巴克依舊插手史匹茲和肇事者間的執法行為。不過他學聰明了，都趁弗蘭索不在一旁時。由於巴克私底下的反抗行為，雪橇隊裡的動亂和違規狀況越來越多，除了戴夫和索爾雷克斯沒被影響外，其他狗越來越變本加厲，事情也不再順利。

層出不窮的爭吵和混亂使麻煩總是不斷發生，事情的起因都來自於巴克。他讓弗蘭索忙得不可開交，擔心巴克和史匹茲遲早會發生你死我活的決鬥。不只一次的夜晚，一聽到狗群中有爭吵或衝突的聲音，他就馬上鑽出被窩查看，擔心是巴克和史匹茲在決鬥。

不過時機尚未成熟。一個沉悶的午後，他們到達了道森，巴克和史匹茲間的決鬥也還在醞釀。道森不但有許多人，還有數不清的狗，巴克發現他們都在工作，彷彿狗天生就該工作一樣。白天，他們排著長長的隊伍在主要的街道上來來往往，到了晚上，還可以聽見他們身上的鈴鐺發出「叮叮噹噹」的鈴聲，把搭建房子要用的材料和木材拖去礦場，在聖塔克拉拉谷，這些工作都是由馬匹負責。

巴克在各處都遇到南方來的狗，但大多數都是帶有野狼血統的哈士奇。每天晚上九點、十二點以及清晨三點，這些狗會很規律地唱起一種怪異又奇特的夜曲，巴克也會很高興的一起加入。

北極光在天空中閃耀著冷冽的光芒，星星在大雪紛飛中一閃一閃的跳躍著，大地在霜雪的覆蓋中一片寒寂。哈士奇的歌聲像是對生命的控訴，只是那拉長的哀號聲和略帶抽泣聲的小調，更像是表達對生存的祈求和生活的困苦艱辛。這是一首古老的歌，跟他們的血統一樣古老，是第一首在遠古時代被傳唱的悲歌，歌中包含著無數代以來的哀愁。

巴克的情感被莫名的攪動起來。當他呻吟啜泣時，傳遞著對於生活的苦痛，這苦痛，從古時候就是他的野性祖先曾經歷過的；他對於嚴寒以及黑暗感受到的恐懼，也正是那些遠古祖先們經歷過的害怕與神祕感受。他會深受感動，顯示在幾代前，他的祖先雖曾在爐火與房舍的庇蔭下生活，但現在他慢慢找回原始的本性，重回祖先在最原始時代的生活。

抵達道森七天後，他們沿著巴拉克斯（Barracks）峻峭的河岸到育空步道（Yukon Trail），並朝著戴伊和鹽水鎮（Salt Water）前進。裴洛特回程要運送的公文，似乎比來程帶的公文還要緊急，他被旅行的自豪感驅使，並計畫要創造今年最快的旅行紀錄。他的確有幾個有利條件：休息了一個星期，狗兒們經過調養，完全恢復了體力，他們來時開闢的道路已經被之後的旅行者踩得更結實，而且警察設置了兩、三個休息站，專門提供食物給人和狗，所以他們能以簡便的行裝啟程上路。

第一天他們就走了五十哩路，抵達六十哩河（Sixty Mile）。第二天，他們沿著育空河急速的前往佩利河。不過這樣有效率的行進速度，並不代表一路上沒有讓弗蘭索心煩意亂的事情。

巴克主導的陰謀叛亂破壞了整個狗隊的團結，他們不再像以前那樣同心協力的拉雪橇。在巴克的慫恿下，他們不斷地發生各種小差錯，史匹茲也不再是先前令大家非常害怕的領導者，他們不再敬畏他，而是敢於挑戰他的權威。

有一天晚上，派克偷了史匹茲的半條魚，並在巴克的保護下吞進肚子裡。還有一天晚上，杜博和喬兩個一起攻擊史匹茲，史匹茲只好放棄原本要對他們的處罰。連一向脾氣溫馴的比利也不那麼聽話了，就連哀鳴聲也不像以前那樣刻意奉承。巴克每次走近史匹茲的時候，便會豎起毛髮，憤怒的對著他咆哮。事實上，巴克的行為已經接近惡霸，在史匹茲面前大搖大擺並囂張跋扈。

紀律的渙散影響了狗與狗的關係，他們的爭吵越來越多，有時營區會爆發一片喧鬧嚎叫聲，只有戴夫和索爾雷克斯依然不為所動，雖然他們也會被那些無休止的爭吵搞得心煩意亂。儘管弗蘭索不停地咒罵著，憤怒地在雪地上一直跺腳，抓扯自己的頭髮，還不斷地用鞭子威嚇狗群，但是都沒有多大用處。只要他一轉身，狗群就再度亂成一團。

他用鞭子為史匹茲撐腰，巴克卻在私底下為其他狗撐腰。弗蘭索知道巴克是一切騷動的根源，巴克也知道弗蘭索清楚這一點，但他非常聰明，絕對不會再被弗蘭索當場抓包。套上挽具後，他忠實又努力地工作，這個辛苦的工作已經成為他的樂趣，不過偷偷地在狗群間引發爭鬥，把韁繩搞得亂七八糟卻更有趣。

一天晚飯後，在塔基納（Tahkeena）河口，杜博發現了一隻雪兔，他冒失地撲過去卻沒抓住。周圍的狗全都一起吵鬧並追起兔子，就連一百碼外西北警署營區的五十隻哈士奇，都加入了這場追逐。

那隻兔子沿著河流飛快地逃下去，轉進一條小溪，在冰床上穩健地奔跑著。兔子在雪地表面輕鬆地跑著，但狗狗們要靠全力拖行。巴克帶著這六十隻狗繞了一圈又一圈地追兔子，但都沒抓到。他壓低身體全力追趕，並熱切地低吼著。在潔白的月光下，他雄偉的身體向前奔馳、跳躍著，至於那白色的雪兔，則像是雪地精靈，在巴克前面飛躍奔跑。

所有那些古老本能的激發，使人們定期的離開喧囂的城市到森林和原野，用化學推進的鉛彈肆意殘殺生物這種嗜血的慾望和殺戮——這一切都屬於巴克的，只是更加深刻得多。他跑在隊伍的最前面追捕那隻獵物，想用利齒把這活生生的肉體咬死，讓嘴巴和整個臉龐都沾滿溫熱的鮮血。

那種狂喜標示著生命的顛峰，生命無法超越那種狀態，這就是生命的矛盾之處。這狂喜展現在生命最活躍的時候，會呈現出一種忘我的境界。當一個人極度活躍，徹底忘掉自我時，這種顛狂、這種忘我，讓藝術家義無反顧地投身於創作的烈焰中，並任其被吞噬；讓戰場上的士兵勇往直前，毫不退卻。而在巴克身上，則讓他率領著身後的狗群，在月光下奮力地追趕著那活生生、迅速逃竄的小動物，並發出如狼般的嚎叫。

他的叫聲出自於內心深處潛藏的本性，並引領他回溯到遠古生命的最初。他被澎湃的生命能量和存在的生滅全然支配著。每塊肌肉、每個關節和肌腱的牽動，都讓他感到非常喜悅，讓他全然忘記死亡，充滿狂熱又猛烈的興奮感，讓他在滿天星空下，死寂的大地上，快意的奔馳。

然而，即便是在這樣情緒激動的時候，史匹茲還是能保持冷靜並精於算計。他離開隊伍，在河流轉彎的地方，截彎取直一個捷徑到前面等待。巴克並不知道這些，當他越過河灣，緊追在雪兔後面時，看到一個更大的白影從高處一躍而下，擋住了兔子的路。那是史匹茲。兔子來不及轉身逃跑，雪白的利齒在半空中咬碎了兔子的背脊，兔子發出痛苦的哀嚎聲，就像人被襲擊發出的尖叫聲，那聲音如同死神將生命從頂峰推落到死神的掌控中，跟隨在巴克後面的狗群發出了地獄般的歡樂合唱。

巴克沒有喊叫，也沒有停下腳步，而是直接衝向史匹茲。因為用力過猛，並沒咬到史匹茲的喉嚨，而是撞上他的肩膀。他們在如粉末般的雪地不斷翻滾。史匹茲踩穩腳步站了起來，就像沒有被撞倒一樣，然後在巴克的肩上咬了一口就馬上跳開。他後退站穩腳步，兩次狠狠的咬緊牙關，像是陷阱的鋼夾，薄薄的嘴唇向上微翻，齜牙咧嘴的咆哮著。

在這一瞬間，巴克知道時機到了，是他和史匹茲一決死戰的時候。當他們相互繞著圈子，咆哮著，耳朵向後倒貼，機警地尋找有利的機會時，巴克對這個情景感到很熟悉。他似乎全都記起來了——那白雪皚皚的樹木、大地、月光，還有戰鬥的快感。在一片白茫茫的寂靜中，籠罩著一種陰森恐怖的氛圍。空氣中連一絲微弱的風都沒有，樹葉也一動不動，只有狗群呼出的熱氣緩緩上升，在冰冷的空氣中圍繞不散。

那些狗兩、三下就把雪兔吃光，他們像狼一樣充滿野性，現在圍成一個圈圈安靜等待著，雙眼閃爍著期待的光芒，嘴裡呼出的氣息緩緩上升。對巴克來說，這個像是遠古時代的景象一點也不陌生，似乎本來就是這個樣子，沒什麼新奇的。

史匹茲是個很有經驗的戰士，從史匹茲卑爾根群島到北極，橫越加拿大和貝倫斯（Barrens），不論遇到哪種狗，他都能堅守陣地並奪得主控權。即便他非常憤怒，也絕不會盲目行動。

當他亟欲想要置對方於死地時，不會忘記對方也同樣想要置他於死地。還沒做好準備迎接襲擊前，他絕不會襲擊敵人；還沒防守好敵人的攻擊前，他絕不會先莽撞攻擊對方。

巴克很想咬住這隻白色大狗的脖子，但都沒成功。即便他對準柔軟的血肉部位，都會先被史匹茲的牙齒阻擋。他們兩個的尖牙利齒互相撞擊在一起，嘴唇被劃破、鮮血直流，巴克仍然沒辦法突破史密茲的防禦。巴克再度做好準備，史匹茲被包圍在他設下的攻擊範圍中；一次又一次試圖咬住史匹茲雪白的喉嚨，咬到那裡就等於掌控了他的生命，但每一次史匹茲都抵擋住他的進攻並安然跳開。接著，巴克又假裝要衝過去咬他的喉嚨，但突然把頭往後縮並從旁邊彎過去，想用肩膀撞擊史匹茲的肩膀，像隻公羊一樣把他撞翻。不過情況卻是相反，每一次都是史匹茲咬傷巴克的肩膀後，輕巧的跳開。

史匹茲毫髮無傷，巴克卻滿身是血，氣喘吁吁，這場戰鬥已經漸漸到你死我活的關頭。在這段時間，周遭圍著像野狼一般的狗，靜靜等待某一方倒下，無論誰倒下去，都會被他們消滅。趁著巴克還上氣不接下氣的時候，史匹茲開始還擊了，巴克被攻擊得踉踉蹌蹌，幾乎站不穩腳步。有一次，巴克被撞得滾了一大跟頭，圍在外圈的六十隻狗馬上挺起身體，幸好還在半空中，巴克就已經穩住，於是那群狗又俯低身體等待。

巴克有一項與生俱來的強大能力，就是他的想像力。他可以憑藉本能戰鬥，但也能憑頭腦作戰。他衝了上去，彷彿再玩一次撞向肩膀的老把戲，但在最後一刻，卻突然把身體壓低，非常貼近雪地衝了過去，一口咬住史匹茲的左前腿。馬上傳出一陣骨頭碎裂的「嘎吱」聲，這隻大白狗就只剩下三隻腳跟敵人作戰。巴克又嘗試三次想將史匹茲撞倒，接著又重施故技，史匹茲的右腿也被咬斷了。儘管疼痛難耐，身處絕境的史匹茲還是拚命掙扎，想要爬起來站穩。

那群安靜伺機而動的狗群，眼睛閃閃發光，伸著長長的舌頭，嘴裡呼出的銀白色氣息緩緩上升，他看到他們慢慢地靠攏，向他靠近，就像他以前擊敗對手的景象，只是這一次，他是那個戰敗者，史匹茲沒有希望了。這時的巴克是無情的，所謂的憐憫只有在氣候溫和的地帶才會發生。

巴克做好準備做最後一搏。外面那圈狗越來越往中間靠攏，以至於他都可以感受到身旁那些哈士奇的呼吸。他可以看到那些圍在史匹茲身後和兩側的狗都雙眼緊盯著史匹茲，壓低身體準備一撲而上。時間似乎靜止了，所有的狗都動也不動，好像變成了石頭，只有史匹茲全身顫抖，踉踉蹌蹌，全身毛髮聳立，發出威脅的咆哮聲，好像想要嚇退即將逼近的死神。

接著，巴克撲了上去又跳開，這次巴克的肩膀總算撞到了史匹茲的肩膀。然後，就在灑滿月光的雪地上，那個黑色的圈子聚成了一團，史匹茲消失在眼前，巴克就這樣站在旁邊看著。這位獲得勝利的冠軍，這個擁有原始統治欲望的野獸，完成了他的殺戮並自覺很滿意。

CHAPTER
4
真正的領導者

巴克想起那個穿著紅色毛衣的男人，慢慢退回去。當索爾雷克斯再次被帶向前時，他不敢再試著去占據那個位置，就只是在棍子打不倒的地方繞圈圈，痛苦並憤怒地咆哮著。

「嗯，怎麼樣，我沒說錯吧，巴克簡直就是雙重魔鬼的化身。」第二天一早，當弗蘭索找不到史匹茲，又看見巴克全身都是傷口時，弗蘭索這麼說。他把巴克拉到火堆旁邊，藉著火光，指著他全身的傷口。

「史匹茲真是凶狠啊！」裴洛特檢查巴克身上的傷口時說道。

「不過巴克更凶狠吧！」弗蘭索轉過頭說，「現在我們可以平靜點了，沒有史匹茲這傢伙，麻煩一定也沒了。」

當裴洛特收拾營地裝備並裝上雪橇時，弗蘭索則幫狗套上挽具。巴克小跑步到史匹茲原先擔任領頭狗的位置。但是弗蘭索沒有理會巴克，反而把索爾雷克斯帶到那個讓巴克覬覦的位置。根據他的判斷，目前狗隊中，索爾雷克斯最適合擔任領頭狗。巴克非常生氣的撲到索爾雷克斯身上，把他推到一邊，自己站到那個位置。

「哎？哎！弗蘭索一邊大喊，一邊因為覺得好笑而激動地拍著大腿，「你看這傢伙以為幹掉了史匹茲，他就可以占據這個位置了。」

「嘖，走開。」他大喊著，但是巴克完全不為所動。

弗蘭索全然不理巴克威脅似地咆哮著，拎起巴克脖子上的毛皮，把他拉到一邊，再度讓索爾雷克斯到那個位置。索爾雷克斯這隻老狗並不想要這個位置，並表現出他很害怕巴克，但弗蘭索卻很堅持，但當弗蘭索一轉身，巴克便又把索爾雷克斯趕走，而索爾雷克斯也一點都不想待在那個位置上。

弗蘭索發火了。「好啊，看我怎麼修理你。」他大聲說，手裡拿著一根粗棍子走過來。

巴克想起那個穿著紅色毛衣的男人，慢慢退回去。當索爾雷克斯再次被帶向前時，他不敢再試著占據那個位置，就只是在棍子打不到的地方繞圈圈，痛苦並憤怒地咆哮著。在繞圈圈時，他的雙眼緊盯著棍子，以防弗蘭索把棍子丟過來時可以及時閃避，他已經非常理解棍子有多厲害了。

弗蘭索繼續幫狗套上挽具，他叫了巴克，準備把巴克帶回原來位在戴夫前面的老位置。巴克向後退了兩、三步，弗蘭索跟上去，巴克又接著退了幾步，這種狀況重複幾次後，弗蘭索覺得巴克擔心被打，便把棍子丟掉。巴克卻又公然反抗，他想要得到領頭狗的位置，不是因為害怕挨打，而是因為那是他的權利，他贏來的，沒達成目標，絕不會善罷干休。

裴洛特也過來幫忙，他們兩個人追著巴克跑來跑去花了大半個小時。他們拿棍子丟他，他躲開了。他們咒罵他，從他的祖宗八代到他的後代子孫，甚至他身上的每根毛髮、每滴血，巴克都以咆哮聲回敬，維持在他們抓不到他的距離。他沒有想要逃跑，只是繞著營地跑來跑去，他很明確的表示出，只要如他所願，就會乖乖回來工作。

弗蘭索坐下來抓抓頭，裴洛特看看錶咒罵著。時間過得飛快，他們已經延遲了一個小時還沒出發。弗蘭索再次抓了抓頭，搖搖頭，不好意思地朝著裴洛特笑了笑，裴洛特聳了聳肩，暗示他們失敗了。於是弗蘭索到索爾雷克斯的位置，並叫巴克過去。巴克笑了，以一種狗笑的方式，但還是保持距離。

弗蘭索解開索爾雷克斯的挽具，讓他回到原來的老位置。整個隊伍已經都裝好挽具，和雪橇成為一直線，準備上路；他們把前面的領頭狗位置留給巴克。弗蘭索再次叫巴克過去時，他還是在那笑著卻沒有過去。

「把棍子丟掉。」裴洛特喊道，弗蘭索照辦了。巴克帶著勝利的笑容小跑著回來，大搖大擺地站到領頭狗的位置上。一幫他裝好挽具，雪橇動起來，在兩個男人的催駕下，雪橇隊往河道奔馳著。

弗蘭索對巴克的評價原本就很好，說他是雙面魔鬼，但這天才剛出發，他發現自己低估巴克了。巴克一躍而起，担任起領頭狗的責任，無論是良好的判斷力、反應敏捷還是行動迅速方面，巴克都明顯地比史匹茲更優秀，然而弗蘭索原本認為史匹茲已經是他見過最好的狗了。特別是在制定規則要求其他狗遵守的部分，巴克更是很傑出。

戴夫和索爾雷克斯並不在意領頭狗是誰，這不關他們的事，他們的任務就是拚命工作，努力地拉雪橇。只要沒被干擾，他們不在意發生什麼事。就算是善良的比利當領頭者都沒關係，只要他能管理好秩序。不過在史匹茲統治的最後一段時間，隊伍裡的其他狗已經無法無天，而巴克現在要開始整頓他們，他們都感到非常驚訝。

緊隨在巴克後面的派克，工作時總是懶散的，除非被迫，否則就不會多花任何一絲力氣。可是這天下來，在巴克的不斷督促下，第一天還沒結束，他已經花了生平以來最大的力氣。第一天晚上在營地，性情乖戾的喬也被好好教訓了一番，這是史匹茲沒做到的。巴克憑藉著自己體重的優勢，就把喬壓制在地上喘不過氣，並咬到他不再亂動、嗚咽求饒才停止。

雪橇隊恢復了昔日的團結，大家又重新團結起來，整個隊伍如同一個整體般，在雪道上跳躍上前行在林克急流區（Rink Rapids）又加入了兩隻本地的哈士奇迪克和庫納。巴克訓練他們進入狀況之快，讓弗蘭索非常驚訝。

「再也找不到像巴克這樣的好狗了！」他驚呼著。「絕對不會有，他甚至值得一千塊，老天，你說是不是，裴洛特？」

裴洛特認同地點了點頭，那時他已經刷新了旅程的紀錄，而且一天比一天快。雪道的狀況很好，地面厚實堅硬，最近也沒下雪，天氣也不會太冷，在整趟旅程中，氣溫降到零下五十度以後，便在一個穩定的狀況。兩個男人輪流搭著雪橇或奔跑，狗兒則持續向前奔馳，很少停下來休息。

跟來的時候相較，回程路上的三十哩河河面，覆蓋了一層厚厚的冰，他們只用了一天就走完，但去程的時候，他們卻花了十天才完成。他們一口氣跑了六十哩的路，從拉巴結湖的最低處趕到白馬急流區（White Horse Rapids）。穿過馬許（Marsh）、塔基斯（Tagish）和貝內特（Bennett），一片綿延七十哩的湖泊區，他們行進得飛快，速度快到步行的那個人只能在雪橇的後面，被繩子拉著跑。

第二個星期的最後一個晚上，他們登上了懷特山口（White Pass），藉由腳下史凱威（Skaguay）和海上船舶的燈光，沿著海岸的斜坡下山。

這趟旅程打破了之前的紀錄，十四天下來，他們平均每天跑四十哩。有三天的時間，裴洛特和弗蘭索在史凱威的主要街道上上下下的搬箱子，還有紛至沓來的喝酒邀約，整個狗隊成為鎮上的馴狗人和雪橇隊崇拜的焦點。後來，來了三、四個西部壞蛋打算洗劫鎮上，結果被子彈打得千瘡百孔，像是胡椒瓶一樣，大家的注意力才被轉移到其他地方。

接下來，一道政府的公文命令送達，弗蘭索把巴克叫過來，緊緊地擁抱他並哭泣。那是巴克最後一次見到裴洛特和弗蘭索，就跟其他人一樣，之後他們就不曾在巴克的生命中出現。

接下來是一個蘇格蘭混血兒接管了巴克和他的同伴，跟其他十幾個狗隊一起出發，再度開始令人疲憊又辛勞的旅程——返回道森。然而這回不能輕便的奔馳，也沒辦法破紀錄，因為這是一輛郵車，只有沉重的負載和每天辛苦的跋涉，將來自世界各地的信件送給那些在北極淘金的人。

儘管巴克不喜歡這樣的工作，但還是盡忠職守，仿效戴夫和索爾雷克斯以工作為榮的心態。除了做好本份，也監督夥伴有沒有認真工作，不論他們是否也以此為榮。單調的生活使他們如同機器般的規律運轉，日復一日，沒什麼變化。

每天早上廚師會在固定時間生火煮飯，接著就是早餐時間。然後一些人開始拔營，一些人幫狗套上挽具，上路後差不多一個小時，天空才有點微亮。到了晚上紮營，有些人搭營帳，有些人砍柴和撿松樹的枝條做床，其他人就幫廚師挑水運冰。當然，也要餵狗吃東西。

對狗兒來說，這是一天中一件重要的事情。吃完魚後，可以有一個小時和其他狗一起走走，那些狗共有一百多隻，他們之中有凶猛的好戰者，但是當巴克跟其中最凶猛的那隻打過三回合後，巴克便獲得主宰的地位。所以當他發怒並露出利齒時，他們便會退避三舍。

不過，巴克最喜歡的是躺在火堆邊，後腿微微彎曲在身下，前腿伸展在前面，仰著頭，做夢似的瞇著眼睛看著火堆。有時他會想起米勒法官在陽光明媚的聖塔克拉拉谷的大房子，那個用水泥蓋的游泳池，還有墨西哥無毛狗伊莎貝爾和日本哈巴狗圖斯。但他更常想起的是那個穿著紅毛衣的男人，柯里的死，跟史匹茲間的生死決鬥，還有他吃過或是想吃的東西。

他並沒有得思鄉病，記憶中那個陽光普照的家園模糊又遙遠，對他已經沒有任何影響，反而是源自遺傳中的記憶更加有力，那些記憶讓他對那些即便是從未看過的景物也覺得熟悉。那原本消失的本能，依循著回憶中祖先的習慣，快速的再次復活了。

有時他蜷縮在那兒，眨著眼睛朦朧的看著火堆，彷彿覺得這火光來自另一堆火，在這火光映照下，混血廚師好像變成一個完全不同的人。這個人有短短的腿，長長的手臂，非常結實的肌肉，而不是鬆軟無力，有著又長又亂的頭髮，只露出一雙眼睛。

他不時發出奇怪的聲音，而且似乎很怕黑，不斷地窺視著四周，手臂下垂到膝蓋和雙腳間，手中緊緊地拿著一根尾端綁著一塊石頭的棍子。除了肩膀披著一塊破爛不堪又焦黑的獸皮外，幾乎全身赤裸，但身上的毛髮旺盛，像是胸部、肩膀，還有大腿和手臂的外側，都覆蓋著一層厚厚的毛髮，就像是另外一張獸皮。他沒有挺直的站立著，而是上半身從臀部往前傾，雙腿彎曲。

他的身體跟貓一樣，很有彈性，不管是有形的或無形的事物，他都充滿警覺性。有時這個毛髮濃密的人蹲在火堆旁邊，把頭埋在兩腿間睡覺，他會把兩個手肘放在膝蓋上，用雙手抱著頭，就像用滿是毛髮的手臂擋雨。在火堆周圍的黑暗中，巴克看到許多閃閃發亮的炭火，都是兩兩成對的，他知道那是巨大野獸窺視獵物的眼睛。

他可以聽見他們穿過灌木叢發出的聲音，在夜晚發出的嘈雜聲。在育空河岸邊，巴克懶洋洋的盯著火堆做夢，這些周遭的聲音和景物會讓他的毛髮從背部、肩膀到頸部都豎立起來，使他發出壓低聲音的嗚咽，或是輕輕地咆哮，直到混血兒廚師對他叫喊著：「喂，巴克，醒醒！」於是，那個虛幻的世界消失了，真實的世界又出現在眼前。接著他就會起身伸個懶腰，打個哈欠，好像剛剛睡著了一樣。

這是一趟艱辛的旅程，身後負載的沉重郵件讓他們疲憊不堪。當他們抵達道森時，所有狗的狀況都很不好，骨瘦如柴，至少需要七到十天的休養。不過兩天後他們又再度啟程，負載著一大車要寄往外地的信件，從巴拉克斯沿著育空河岸往下走。

狗兒們非常疲倦，趕狗人也滿腹牢騷。更糟的是，天天都下雪，造成地面太過鬆軟，行進在路面的摩擦力更大，狗兒就要花更大的力氣拉雪橇。不過趕狗人倒是一直對他們不錯，盡心盡力地照顧他們。

每天晚上，他們都會先照料狗，狗會比趕狗的人更早吃飯，每個人沒把自己的狗從頭到腳檢查一遍之前，他們不會去睡覺。儘管如此，狗兒們的體力還是一天不如一天，因為入冬以來，他們已經趕了一千八百哩的路，並且是拖著雪橇完成整趟疲憊的旅程。這一千八百哩的路程對強壯的狗而言也吃不消，但巴克堅持下來了，雖然他非常疲憊，還是維持著紀律，督促同伴們盡忠職守。比利每天晚上在睡夢中都會哭泣和嗚咽，喬的脾氣比以前更不好，索爾雷克斯則是不管有盲眼的那邊或是另一邊，都不讓其他狗接近。

戴夫的狀況是最糟的，他有些不對勁，性情變得更加陰鬱暴躁，一紮營就挖好自己的窩休息，連吃飯也要趕狗人拿到窩裡餵他。一卸下挽具，他就會倒臥在地上，直到隔天早上要套上挽具才會起身。有時候在路上，當雪橇突然停止或是啟動，他會痛得大叫。趕狗人幫他檢查了一番，但都沒有發現異狀。所有的趕狗人很關心他到底怎麼回事。不管吃飯或是睡前抽最後一根菸時，都會討論這問題。

某天晚上，他們幫戴夫做了一次會診，他們把戴夫從窩裡帶到火堆旁，在他身上東壓壓、西戳戳，痛得他大聲呼叫很多次，他身體內部看來有些問題，但一根斷骨頭也找不到，也找不出哪裡有問題。

到了卡西亞巴爾（Cassiar Bar，一八八四年金礦首次在卡西亞巴爾被發現，並首次從育空地區的上游開採出大量黃金）時，戴夫已經虛弱到一再的摔倒在挽繩下。那個蘇格蘭的混血兒趕狗人命令雪橇隊停下，把戴夫從隊伍中拉出來，讓原本在他前面的索爾雷克斯頂替他的位置，讓他休息一會兒，可以自由的在雪橇隊後面跑就好。

即使已經病成這樣，戴夫卻對自己被拉出隊伍很不高興，當挽具被解下，他不滿的發出咆哮聲，當看到索爾雷克斯在他已經工作很長一段時間的位置時，更發出心碎的嗚咽聲。他一直把在雪地拉橇視為榮耀，即使快要病死，也不能容忍別的狗取代他的位置。

當雪橇隊開始前行，他一邊踉蹌又奮力地跑在雪道旁鬆軟的雪地上，一邊用牙齒攻擊索爾雷克斯並朝他撞過去，想把他推到另一邊鬆軟的雪地中，極力想跳進挽繩裡面，插進索爾雷克斯和雪橇間，卻也不斷痛苦地哀嚎。那個蘇格蘭混血兒試圖揮動鞭子把他趕到一邊，但他完全不理會，而那男人也不忍心更用力鞭打他。

他拒絕乖乖地跟在雪橇隊後面，在已經被雪橇隊壓平的雪道輕鬆地跑，而是繼續在最難前進的鬆軟雪地上踉蹌的跑，直到筋疲力盡。然後他摔倒了，當長長的雪橇隊經過，他躺在倒下的地方發出悲傷的長嘯。

戴夫用盡最後的力氣，踉踉蹌蹌地跟在隊伍的後面，直到他們再次停下休息時，他掙扎著越過幾輛雪橇到索爾雷克斯的身邊，那原本屬於他的位置。趕狗人到後面借火抽菸，耽擱了一下子，沒多久便回來準備啟程。當狗兒準備在雪道上往前衝時，發現一點都不費力，所有狗都驚訝地停下來，不安地回頭看，趕狗人也非常吃驚，因為雪橇根本沒有移動。他叫同伴來看眼前發生的事，原來戴夫已經把索爾雷克斯身上的兩根挽繩咬斷，站在雪橇的前面，自己原來的位置上。

他以懇求的眼神希望可以站在那兒，趕狗人不知道該怎麼辦。他的同伴提到，如果拒絕讓他工作，他可能會因此心碎而死，還提起印象中的一些例子，像是有些狗因為太老或是受傷不適合工作，被解下挽具卻因而死去。如果戴夫終歸會死，那讓他心滿意足的死在挽繩下，反而是一種慈悲。所以戴夫再度被裝上挽具，跟以往一樣驕傲地拉著雪橇。儘管他不只一次因為體內的疼痛而不由自主的大叫。有好幾次他摔倒了，被韁繩拖著前進，還有一次他被雪橇撞到，因而瘸了一條後腿。

但他一直堅持到營地，趕狗人在火堆旁為他安排了一個窩，第二天早晨發現他虛弱得根本不能走。所有狗在套挽具時，戴夫試著走到趕狗人的面前；他全身抽搐著想要努力站起來，還是搖搖晃晃地摔倒了。他藉著伸出前腳，順便讓身體可以往前挪動幾吋的方法，慢慢地蠕動身體，往正在套著挽具的同伴爬過去。可是他已經完全沒有力氣了，同伴最後看到他時，他喘著氣躺在雪地上，以一種渴望的眼神看著他們。直到他們穿過河邊的樹林，再也看不到他，但還能聽到他悲傷的哀嚎。

雪橇隊停下了。蘇格蘭混血兒慢慢走回剛剛離開的營地。所有人都停止了交談，一聲左輪手槍的槍聲響起，那個混血兒又匆匆趕回來，鞭子聲再度「啪啪」地響起，雪橇上的鈴鐺也「叮叮噹噹」地響起，雪橇隊沿著雪道前進。不過巴克知道，所有的狗也都知道，剛剛在那片河岸邊的樹林後面發生了什麼事。

CHAPTER 5

無止盡的苦役和遠征

哈爾的鞭子又打在狗的身上，他們向前抵住胸帶，用力地往前拉，腳深深地踩進雪地裡，低頭，身體往下貼近地面，使盡渾身力氣，雪橇像個錨一樣，一動也不動。經過兩次的努力後，狗兒停下來氣喘吁吁。鞭子又再度呼嘯而下。

離開道森三十天後，巴克和同伴們拖著鹽水鎮的信件雪橇到了史凱威。他們的狀況很淒慘並疲憊不堪，巴克原有一百四十磅重，現在只剩下一百一十五磅。他的夥伴雖然是體型較輕的狗，但減少的體重比他更多。喜歡裝病的派克，以往經常假裝腳受傷，現在真的跛了一隻腳。索爾雷克斯的腿也跛了，杜博則是有一邊的肩胛骨扭傷了。

他們的腳疼痛不堪，沒有任何彈力，造成走在雪道上的步伐非常沉重，身體受到劇烈的震動，覺得加倍疲累。他們並未生病，只是過度勞累。這不是短暫的過度疲乏造成，也不是幾個小時的休息就可以恢復，這狀況來自於好幾個月累積下來的辛勞，體力慢慢耗盡造成，就連復元的力量都消耗殆盡。每一塊肌肉、每一寸纖維、每一個細胞，都累了，而且是累死了。會造成這樣，當然是有原因的。

不到五個月的時間裡，他們總共跑了兩千五百哩的路，在最後一千八百哩的路程中，他們只休息了五天。當抵達史凱威，他們已經耗盡力氣，幾乎拉不直韁繩，在下坡時，只能想辦法避開雪橇。

「走啊，跛腳的可憐蟲。」當他們踉踉蹌蹌走在史凱威的主要街道時，趕狗人鼓勵著他們，「這是最後一段路，完了我們就可以好好休息。是真的，可以休一個長假，好好休息休息。」

趕狗人非常期盼一次長假，因為他們也走了一千兩百哩的路，才有兩天的休息。照理說，他們本來就該好好休息，但是來到克朗代克的人實在太多，沒有情人、妻子和家人陪同的人，更是多不勝數。因此堆積的信件幾乎像阿爾卑斯山那樣高，更別說還有政府的公文信件。

一批剛從哈德遜灣（Hudson Bay）來的狗，將取代這群沒有價值的狗，這些沒用的狗會被淘汰，而且是被賤價賣出。

三天過去了，巴克與他的同伴深深體會到他們是如何的疲累和虛弱。第四天早上，兩個美國人以很低的價格買下他們、挽具，以及所有的東西，這兩個人互相叫對方哈爾和查爾斯。查爾斯是個中年男子，膚色蒼白，雙眼無神、平靜如水，往上翹的鬍子遮蓋了軟弱下垂的嘴唇。哈爾是個十九、二十歲的年輕人，腰帶上掛著柯爾特（Colt）左輪手槍和獵刀，裝了非常多的子彈。他的腰帶最引人注目，也顯出他的少不更事，一個乳臭未乾的小子。這兩個人跟這個地方顯得格格不入，為何他們會到北方冒險，實在讓人難以理解。

巴克聽到討價還價的說話聲，然後看到那兩個美國人付錢給政府的雇員，巴克知道這蘇格蘭混血兒和那些駕駛雪橇運送郵件的人，就如同裴洛特、弗蘭索，以及其他那些離開的人一樣，從此就消失在他的生命中。

當他和同伴一起被帶到新主人的營區時，他看到各處骯髒又雜亂，帳篷半開著，還有沒洗過的碗盤，一切都亂七八糟的。巴克看到一個女人，他們叫她梅賽德斯，梅賽德斯是查爾斯的妻子，哈爾的姐姐——真是不錯的一家子啊！

巴克憂心忡忡地看著他們拆掉帳篷，將所有東西都裝上雪橇。他們看起來非常賣力，但一點條理都沒有。他們把帳篷捲得比該有的體積還要大三倍，錫製的盤子連洗都沒洗就打包起來。

梅賽德斯不斷在兩個男人間晃來晃去，並且喋喋不休的嘮叨和建議。當他們把一個放衣服的大袋子擺到雪橇前面，她覺得應該要放在後面；當兩個男人把那個袋子放在後面，還在袋子上堆了兩捆其他東西後，她又發現有些東西一定要放到那個裝衣服的大袋子卻忘了放，他們只好把所有行李一件件再從雪橇上搬下來。

隔壁的帳篷走出了三個男人，他們在一旁相互擠眉弄眼、略帶嘲笑看著這一家人。

「你們真的裝得夠多了。」其中一個人說，「原本我應該不要多管閒事，但如果我是你們，我就不會把那個帳篷帶走。」

「這根本難以想像！別做夢了，」梅賽德斯驚訝地舉起雙手說，「沒有帳篷，要怎麼過活啊？」

「現在已經是春天，天氣不會再變冷了。」那男人回答。

她堅定地搖搖頭，查爾斯和哈爾把最後一些零碎的東西放到已經堆積如山的雪橇上。

「這樣走得動嗎？」三個男人中的一個問。

「為什麼走不動？」查爾斯毫不遲疑地說。

「好的、好的，當然可以。」那個男人趕緊順著他的話說，「我只是有些好奇，因為看起來有點頭重腳輕。」

查爾斯轉過身想要把繩子盡量往下拉緊，但一點兒也沒有用。

「當然，這些狗拖著這些東西跑上一整天沒問題啦！」第二個男人說。

「當然，」哈爾禮貌性的冷冷答道。他一手握著掌控雪橇的舵桿，一手揮動鞭子並大聲叫道，「走，快走。」

狗狗們頂著胸前的挽繩用力往前拉一陣子後停下來，原本被拉緊的繩子鬆了下來，他們根本拉不動雪橇。

「這群偷懶的傢伙，我要給他們一點顏色瞧瞧。」他喊著，準備用鞭子打他們。

不過梅賽德斯過來攔住他叫喊著，「喔，哈爾，你不行這樣。」她抓住鞭子並搶了過來。「可憐的寶貝們。你必須答應我，在接下來的旅程不會再虐待他們，不然我就不走了。」

「你真是了解狗啊！」她弟弟冷笑道，「我希望你別管我，我告訴你，他們就是很懶，不用鞭子不會走，他們就是這樣。你可以問問任何一個人，去問問那些人看看。」梅賽德斯懇求地望著那幾個旁觀者，漂亮的臉上露出不捨的哀傷表情。

「如果你想知道，我就跟你們說吧！他們非常虛弱，力氣已經消耗殆盡，這是問題的關鍵，他們需要休息。」其中一個男人回答。

「休息個屁！」一聲咒罵從哈爾沒鬍鬚的口中迸出。梅賽德斯聽到這句咒罵，痛苦又悲傷的「啊」了一聲。

但是，梅賽德斯畢竟是哈爾的姐姐，馬上轉而擁護自己的弟弟，「別管那男人說什麼，這狗是你在駕馭的，你覺得怎麼樣做最好，就怎麼做。」

哈爾的鞭子又打在狗的身上，他們向前抵住胸帶，用力往前拉，腳深深地踩進雪地裡，低頭，身體往下貼近地面，使盡渾身力氣，雪橇像個錨一樣，動也不動。經過兩次的努力後，狗兒停下來氣喘吁吁，鞭子又呼嘯而下。梅賽德斯再度出手干涉。她蹲在巴克面前，兩手摟住巴克的脖子，雙眼充滿淚水。

「小可憐，親愛的小可憐，」她同情的哭叫著，「你們為什麼不用力呢？這樣就不會被鞭打了。」巴克不喜歡她，但他已經憂傷到沒辦法抗拒她，就只能把她當成這天悲慘的工作之一。

一個旁觀者原本忍著不發一言，這時忍不住開口說，「我一點也不在意你們如何胡搞瞎搞，但是為了這些狗，我建議你們，若是可以先把雪橇鬆動，就能助他們一臂之力。雪橇的滑板已經結凍了，用你們全身的力量推動舵桿，左右推一下就可以讓雪橇鬆動。」

狗隊第三次嘗試拉動雪橇，不過哈爾這次有聽從勸告，先鬆動了被凍結在雪地中的滑板，於是笨重超載的雪橇啟動了。巴克和同伴在如雨點般落下的鞭子抽打中，只能拚命向前跑。

前面一百碼的地方有個彎道，轉彎後，有個陡峭的斜坡進到主要的大街。這裡需要一個經驗老到的人，才能保持這個頭重腳輕的雪橇的平穩度，但哈爾沒有這樣的能力。

當他們在轉彎時，雪橇翻覆了，一半的物品從鬆脫的綁繩中掉出來。狗隊沒有停下來，變輕的雪橇倒向一側，被拖拉在狗隊的後面向前滑行。

狗兒們因為剛才備受虐待又加上不合理的負載，非常生氣。巴克更是憤怒不已。他向前飛奔，狗隊在他的帶領下也跟著跑。哈爾「哇哇」大叫著，但巴克他們並未理會。結果哈爾絆了一下摔倒，翻倒的雪橇從他身上碾過去，狗群在街上飛奔，雪橇上剩餘的行李在史凱威的大街上散落一地，替鎮上帶來不少笑點。

好心的民眾幫忙追回了狗，把四處散落的物品撿回來，同時建議他們，如果想前往道森，就要把行李減半，並把狗的數量增加一倍。哈爾和他的姐姐、姐夫，很不甘願地聽著。他們搭起帳篷，重新清點行李。當罐頭被拿出來時，大家都笑了，因為帶著罐頭在冰天雪地中長途跋涉，根本是件荒唐透頂的事。

「這些毯子多到可以開間旅館了，」一個男人一邊幫忙一邊笑著說。「留下一半都太多，其他都該丟掉，帳篷也不該留著，還有這些碗盤，誰要洗呀？

老天，你們以為是搭火車的臥鋪旅行啊！」

於是，一樣樣沒用的東西被丟掉了。梅賽德斯看到裝衣服的袋子被丟在地上，一件件衣服被丟掉，難過地哭了。她不但因為整個狀況哭泣，更因為被丟掉的東西哭泣。她雙手環抱著膝蓋，心碎地前後搖晃著。她發誓就算有十二個查爾斯，也不會再往前走半步路。

她跟每個人哭訴每一件事，最後一面擦乾眼淚，一面丟東西，甚至把必要的衣物都丟了。她越丟越起勁，丟完了自己的，開始丟那兩個男人的，像龍捲風一樣，把那些物品一掃而空。

扔完東西後，行李雖減少了一半，還是很多，晚上查爾斯和哈爾又出去買回六隻外地來的狗。再加上原來的六隻，以及那次在林克急流區獲得，一起破紀錄的兩隻哈士奇迪克和庫納，整隊狗的數量總共有十四隻。那六隻外國狗雖然一登陸就受過訓練，還是沒什麼用。他們其中有三隻是短毛狗、一隻是紐芬蘭犬，兩隻則是血統不明的混血狗。這些新來的狗似乎完全搞不清狀況，巴克和同伴都很厭惡他們，雖然他很快就讓他們知道自己的處境，以及什麼不該做，但怎麼也教不會他們什麼才是該做的，他們總是沒辦法好好地套上挽具和拉雪橇。除了兩隻混血狗外，其他狗對於身處陌生的野蠻環境和受到的虐待感到茫然和不安。那兩隻混血狗則是精神委靡，又瘦到一副全身的骨頭好像可以隨時被折斷。

這些新加入的狗滿是絕望，原來的狗又因為兩千五百哩連續的趕路而筋疲力盡，整個隊伍的前景看來一點也不光明。不過，兩個男人卻因為覺得自己擁有了一個十四隻狗的雪橇隊而非常高興並自豪。因為不論是從佩斯（Pass）前往道森，或是來自道森的雪橇，都沒有一輛雪橇是由多達十四隻狗拉的。

實際上，為什麼在北極旅行不用十四隻狗拉一輛雪橇，那是因為根本帶不了要供十四隻狗吃的糧食，可是查爾斯、哈爾不懂，他們只用筆簡單地計算一隻狗要有多少糧食，有多少隻狗，行程有多少天，總共需要多少的糧食。梅賽德斯從他們的肩頭看過去，點點頭表示理解認同，一切就這麼簡單。

第二天快到中午時，巴克領著長長的隊伍上路。整個隊伍死氣沉沉，巴克和他的同伴一點也提不起勁，還沒出發就已經非常疲憊。巴克在鹽水鎮和道森之間走了四次，面對同樣的路程，巴克覺得很痛苦，根本無心工作，其他狗也一樣。新來的狗害怕又驚慌，原來的狗則對主人沒有信心。

巴克隱約感到這三個人根本不可信賴，什麼都不知道，就算時間一天天過去，也什麼都沒學會。

在很多事情上，他們都很隨便，既沒原則也沒紀律。他們到半夜才搭起一個邋遢的帳篷，花了大半個早上才把營帳收起來，隨隨便便的把行李裝上雪橇，以致於一路上要不斷停下來重新整理裝載。有時他們一天連十哩路都走不到，其他時候甚至連半點進度都沒有。他們是以狗糧為基礎，計畫每天的行程，但沒有一天達到原先預定的一半進度。他們會面臨狗糧短缺的問題顯而易見，但卻過度餵食，造成狗糧消耗得更快，使斷糧的日子越來越近。

外地來的那些狗的食欲很大，沒受過長期的挨餓訓練消化能力，因此沒辦法吃得少卻能充分吸收營養。加上哈爾看到那些哈士奇拖橇時無精打采，毫無氣力，以為是吃得太少，便將狗糧加倍。更糟的是，梅賽德斯總會用含淚的雙眼和懇求的語氣要哈爾再多給狗一些糧食，如果沒達成目的，她就會偷偷拿魚乾給他們，不過巴克和哈士奇需要的不是食物，而是休息。雖然一天走不了多少路，但沉重的行李嚴重消耗著他們的體力。

終於，他們面臨了狗糧短缺的問題。有一天，哈爾醒來發現狗糧只剩下一半，他們卻只走了四分之一的路程。更讓人擔憂的是，現在不管用什麼方法，都無法另外獲得狗糧。所以他一邊減少狗的糧食，一邊又增加每天的行程，他的姐姐和姐夫都贊成這個方法，但後來因為行李太重以及他們的無能，計畫失敗了。減少狗的糧食很簡單，但要他們跑得更快卻不可能；就連每天早上要他們提早出發，都沒辦法達成，他們不但不知道如何讓狗工作，也不知道自己該怎麼工作。

第一隻陣亡的狗是杜博。他是個可憐又不夠機靈的小賊，常被抓到而受罰，但無損於他還是努力工作的事實。他的肩胛骨扭傷卻一直沒有得到治療和休息，傷勢一天天惡化，最後哈爾用那把柯爾特左輪手槍一槍把他打死。當地有句俚語說：「外來狗的狗糧如果吃得跟哈士奇一樣，外來狗就會餓死。」所以巴克帶領的那六隻外地來的狗，只吃了哈士奇的一半糧食，只有死路一條。最先餓死的是那隻紐芬蘭犬，然後是三隻短毛狗，那兩隻混血狗剛開始還盡量撐著，最終依舊死了。

到了這種景況，這三個人該有的南方人的溫文儒雅全消失了。北極之旅失去了浪漫和魅力，對這三個人而言，反而成為嚴苛又殘酷的現實生活。梅賽德斯不再為狗哭泣，而是忙著為自己流淚，忙著和丈夫、弟弟吵架；爭吵是他們永遠都不覺得厭倦的事。

他們的煩躁沮喪增加了痛苦的程度，而痛苦的遭遇又讓他們更加煩躁沮喪。有些人面臨長途跋涉和艱困的工作與痛苦時，有很好的耐性，仍能保持溫和的脾氣與和藹可親的態度，不過這兩個男人和這個女人都沒這特性，半點耐性都沒有。他們累到身體僵硬，肌肉痠痛不堪，骨頭疼痛，甚至連心都疼痛。因為這些狀況，他們從早到晚說出的每一個字、每一句話都尖酸刻薄。

只要梅賽德斯一讓查爾斯和哈爾抓到機會，就會吵起來，他們都覺得自己做的事比分內該做的更多，一有機會就不停抱怨。梅賽德斯一會兒幫丈夫，一會兒又護弟弟，結果成為一場好笑又無休止的家庭鬧劇。

原本只是查爾斯和哈爾爭論誰該去砍柴生火，到後來連家族裡的其他成員也被牽連進去，從父親、母親、叔伯到表兄妹……，這些幾千哩外的人，甚至連早已過世的人都被牽扯進來。不過，哈爾對藝術的看法或是他舅舅寫的社會劇跟砍柴生火有什麼關係，讓人難以理解，然而現在爭吵的焦點，好像又轉到查爾斯的政治偏見上；查爾斯姐姐喜歡搬弄是非，又跟育空河邊生火有什麼關聯，可能只有梅賽德斯知道了。她對這個話題正滔滔不絕地發表意見，還提到她夫家成員一些讓人不喜歡的特徵。就這樣，火一直沒生起來，營地只搭了一半，狗也沒餵。

梅賽德斯訴說著屬於女性的委屈和抱怨。她漂亮溫柔，一直受到大家的殷勤照顧，但現在她的丈夫和弟弟卻對她粗魯又無禮。以往她習慣擺出一副無助需要幫忙的模樣，現在他們卻對她這樣的狀態感到不滿。既然他們對於她最基本的女性特權都加以責備，她乾脆也不讓他們好過。

她不再關心狗的死活，因為覺得痛苦又疲累，堅持坐在雪橇上。雖然她嬌美柔弱，但還是有一百二十磅的體重，這對拖著沉重的行李，已經虛弱無力、又累又餓的狗兒來說，根本是雪上加霜。她在雪橇上坐了好幾天，直到狗倒在雪橇下，雪橇動也不動。查爾斯和哈爾拜託並懇求她下來用走的，她只是一直哭泣並向老天控訴他們的殘忍。

有一次，他們用力把她拉下車，但之後他們再也不敢這樣做。因為她就像一個被寵壞的孩子，攤在雪地上不肯走。他們繼續往前走，她竟然完全不動。在走了三英里後，他們只好拿下雪橇上的東西回去找她，再用力把她搬上雪橇。

由於處境惡劣，他們對於狗受到的痛苦就更冷酷無情並無動於衷。哈爾的理論是，訓練過就會更堅強，他對姐姐和姐夫宣揚這個想法但失敗了，他就把這個理論用在狗的身上，把那些狗用棍子痛打一頓。到了五指急流時，狗糧全部沒了，一個沒有牙齒的印地安老奶奶提出用幾磅的冷凍馬皮，跟哈爾交換他腰間大型獵刀旁邊的柯爾特左輪手槍。這些被拿來當作食物代替品的馬皮，是半年前從牧場餓死的馬身上剝下的，被冰凍得非常堅硬，像鍍鋅的鐵皮，當狗兒把這這些馬皮吃下肚，它解凍成細又沒營養的皮革繩以及一團短毛，對胃太刺激又難以消化。

這些日子以來，巴克始終踉踉蹌蹌走在隊伍前面，一切就像是一場噩夢。還有力氣時，他盡可能地拉著雪橇；實在沒力氣了，就一再倒臥在地上，鞭子和棍棒便如雨點般打在他身上，直到他不得不爬起來。

他美麗的皮毛不再有光澤與彈性，雜亂又鬆軟的下垂著，被哈爾的棍子打傷的地方，毛髮沾滿了乾涸的血跡。豐滿的肌肉不見了，全身滿是青筋，原本壯碩的身材也消失，在鬆弛皺褶的皮膚下顯露出一根根清楚的肋骨和骨頭。這樣子讓人心碎，但巴克的心並未被擊敗，那個穿紅衣的男人已經證明過這點。

其他狗也跟巴克一樣，都成了一具具四處走動的骷髏。連巴克在內，總共還有七隻狗。在極度的痛苦下，他們對於鞭子的抽打和棍棒的凌虐已經沒什麼感覺，被打感受到的痛楚麻木又遙遠，就如他們眼中所見、耳中所聽，都顯得那樣麻木又遙遠一般。他們連半死不活都算不上，或者說只剩下四分之一的生命。他們瘦到如同幾袋裝在袋子裡的骨頭，生命的火花在裡面微弱的閃動著。每當停下來時，他們就連同挽繩倒在雪地上，像死了一樣，生命的微弱火光更加灰暗朦朧，像是要熄滅了似的。當鞭子和棍棒打在他們身上時，生命的火光才又微微飄揚起來，他們搖搖晃晃地站起來，踉踉蹌蹌地向前走。

終於有一天，溫馴的比利倒在地上爬不起來了。哈爾的左輪手槍已經換成馬皮，他就拿斧頭往比利的頭砍下去，然後把比利的屍體從挽具上解下來丟到路旁。巴克看到整個過程，他的同伴也看到了，他們知道自己跟比利相同的日子也不遠了。

第二天早上，庫納也死了，只剩下五隻狗了。喬已經太虛弱，沒有力氣逞兇鬥狠；派克一瘸一拐，神智不清，也沒辦法裝病了；只剩一隻眼的索爾雷克斯還是盡忠職守的拉著雪橇，但可悲的是，他幾乎已經沒什麼力氣；跟其他的狗相較，迪克最常挨打，因為那個冬天他沒有跑過太多的路，還算是個新手。

巴克依然走在最前面，但再也不堅持原則或要求其他的狗遵守紀律。有一半的時間，他都虛弱得看不清東西，只能藉著隱約看見的雪道影子以及腳底模糊的感受繼續向前。

美麗的春天已經來臨，然而不管狗或是人都沒察覺到。每天早晨的太陽越來越早的升起，越來越晚的落下。凌晨三點天就亮了，到了晚上九點還有夕陽的餘暉。漫長的一整天都是陽光普照，如幽靈般的冬天已經悄悄離開，取而代之的是春天充滿生機的呢喃絮語。

這些呢喃絮語製造出來的聲響來自大地，滿載了生命的喜悅，來自那些在漫長的冰天雪地中沉睡如今甦醒的萬物。松樹的枝液在枝幹中湧升，柳樹和白楊樹冒出了新芽，灌木和藤蔓披上了新的綠色外衣。夜晚，蟋蟀在鳴唱，白天，各種爬行生物在陽光下沙沙作響的爬動著。

在森林裡，鷓鴣鳥在鳴叫，啄木鳥「叩叩叩」的敲著樹幹，松鼠嘰嘰喳喳的說話，鳥兒在唱歌，排成人字形、從南方來的野雁從頭頂上飛過。每個小山坡都有涓涓細流，看不見的泉水發出美妙的音樂。

一切都在消融、碎裂、劈啪作響。育空河也正奮力掙脫禁錮著它的冰層，河水從下面將冰層慢慢沖蝕；太陽則從上方讓冰層融化。冰面上出現氣孔，裂縫向四處越裂越大，比較薄的冰層，一塊塊碎落掉入河中。

在燦爛的陽光照耀以及輕柔如陣陣嘆息般的微風中，就在萬物甦醒、冰雪融化與生命開始悸動的當頭，這兩男一女和幾隻哈士奇，就像是走向死亡的徒步旅行者。

那幾隻狗不斷地跌倒，梅賽德斯坐在雪橇上哭泣，哈爾無意義的咒罵著，查爾斯的雙眼泛著哀怨的淚光，他們就這樣踉踉蹌蹌地進入約翰·桑頓在白河

（White River）口的營地。

當他們一停下來，狗就倒下，好像被打死了一樣。梅賽德斯擦乾淚眼，看了看桑頓。查爾斯因為全身僵硬，緩慢又費力地坐在一根大木頭上休息。哈爾上前跟桑頓說話，桑頓正在給他用樺木製成的斧頭柄做最後的修飾。他邊削邊聽，簡短的回應著「嗯、嗯」，哈爾問他問題時，他便簡短地給出一些忠告。他太了解這類人，就是給了忠告，他們也不見得會聽。

「還在上面時，他們就跟我們說，雪道下面的冰層已經漸漸融化，最好不要再往前走。」當桑頓建議他們別在正融化的冰層行走時，哈爾如此回應著。「他們說我們到不了白河，但我們現在在這兒。」哈爾帶著嘲諷的語氣說出這最後幾句話。

「他們說的是實話。」桑頓回答，「雪道的底部隨時可能崩落。你們這些傻瓜有傻福才能走到這裡。我跟你們直說，就算給我阿拉斯加的全部黃金，我也不會冒著生命危險走在這冰上。」

「我想，那是因為你不是傻子。」哈爾說，「但無論如何，我們還是要前往道森。」他揚起了鞭子。「起來，巴克！喂！起來！走啦！」

桑頓繼續削著木頭。他知道要一個傻子別做傻事是白費力氣，而多或少兩、三個傻瓜，事情也不會有什麼改變。

狗隊聽到命令後並未站起身行動，已經好長一段時間，他們都是挨了打才會起身。鞭子揚起來，無情的從四處揮落。桑頓雙唇緊閉，沒出任何聲音。索爾雷克斯最先起身，接著是迪克，喬一邊哀號一邊站起來，派克痛苦地要站起來，但兩次都起身到一半又倒下，第三次嘗試才成功的勉強站起來。只有巴克完全動也不動，依然靜靜地躺在之前倒下的地方。

鞭子一次又一次地打在他身上，但他既沒哀叫呻吟也不掙扎。有好幾次，桑頓站起身想要說什麼，但都改變了主意。當鞭子不斷打在巴克的身上，桑頓的眼眶滿是淚水的起身，猶豫不決地走來走去。

巴克第一次這樣不聽話，光這一點就讓哈爾非常生氣。他把手中的鞭子換成常用的棍子，儘管棍棒如雨點般重重打在巴克身上，但他還是無動於衷。跟同伴一樣，巴克幾乎沒有力氣站起來；但和他們不一樣的是，他下定決心不起來。他隱隱約約感到有什麼不幸的事就要發生。當把雪橇拉上河岸時，這種感覺就很強烈，而且到現在都還沒消失。

一整天他都感覺到腳下薄薄的冰層就要融解，災難就近在眼前，就在他的主人試圖要他前往的地方。他拒絕起來。他已經遭受太多痛苦了，這些和他受到的折磨相比，算不了什麼。

當棍子繼續打在他身上時，他的生命之火也閃閃爍爍，似乎快要熄滅。他已經感覺麻木，雖然意識到自己正被挨打，卻好像不怎麼真實，渾渾噩噩的，最後，連疼痛都感受不到了。他不再有任何感覺，雖然隱約間聽到棍子打在身上的聲音，但那好像不再是他的身體，一切似乎在遙遠的地方。

然後，毫無徵兆地，桑頓突然發出一聲喊叫，聽起來更像是動物的大叫，哈爾——那個揮舞棍子的人——被撞得向前飛出，像被倒下的大樹砸到，梅賽德斯尖叫起來，查爾斯以哀怨的眼神看著，揉了下濕潤的雙眼，但由於身體僵硬而沒有起身。

桑頓站在巴克身旁，盡力控制住自己，他氣到全身顫抖，說不出話。

「如果你再打這隻狗，我會殺了你。」他終於哽咽的說出一句話。

「這是我的狗，」哈爾回答，一邊擦著嘴上的血，一邊走回來。「你給我滾開，不然我就不客氣了。我要去道森。」桑頓還是站在哈爾和巴克之間，一點也沒有要讓開的意思。哈爾拿出他的長獵刀。梅賽德斯又是尖叫，又是啼哭，又是大笑，呈現一整個歇斯底里的狀況。桑頓拿著斧頭柄敲了哈爾的指關節，刀子便掉落在地。當哈爾準備撿起刀時，桑頓又敲了一下，接著桑頓便自已彎腰撿起獵刀，揮舞兩下，把巴克身上的挽繩割斷。

哈爾不想再跟桑頓爭鬥了，而且他的雙手，準確地說是他的兩隻手臂，都被他姐姐緊緊抱住，巴克也奄奄一息，沒辦法再拉雪橇。幾分鐘後，他們駕著雪橇從河岸滑入河面的雪道離開。巴克聽到他們離去的聲音，抬起頭看著：派克在前頭，索爾雷克斯是壓陣狗，中間位置的是喬和迪克。他們一瘸一拐，踉踉蹌蹌地向前行。梅賽德斯坐在滿載的雪橇上，哈爾操縱著舵桿控制方向，查爾斯則在雪橇後面東倒西歪地走著。

當巴克注視著他們的時候，桑頓跪在他的身旁，用他那雙粗糙卻溫柔的手撫摸著巴克，看看他骨頭有沒有被打斷。

經過一番檢查後，他發現巴克身上除了挨打而造成傷痕累累和極度飢餓外，沒什麼大礙。這時雪橇已經遠離四分之一哩了，巴克和桑頓一起看著雪橇在冰上慢慢前進。

突然，他們看到雪橇的後端往下掉，像是陷落到一個凹槽中，手抓著舵桿的哈爾被拋向半空中，梅賽德斯的尖叫聲傳進他們的耳裡。他們看見查爾斯轉身往回跑了一步，接著一整片的冰裂開，所有的人和狗都消失了，冰上只留下一個張著大口的冰洞；雪道底部的冰融化了。

桑頓和巴克相互看了一下彼此。

「你這個可憐的鬼東西。」桑頓說。巴克舔了舔他的手。

CHAPTER 6

無與倫比的忠誠與愛

巴克馬上跳入水中，游了三百碼之後，在一個湍急的漩渦中趕上桑頓。當他感覺桑頓抓住自己的尾巴時，便使出渾身力氣游向岸邊。然而，游向岸邊的速度，遠遠不及被拉入河中的速度。

去年十二月，桑頓的腳凍傷，為了讓他比較舒服，桑頓的夥伴就把他留下來養傷，他們則沿著河流而上，砍木造筏，準備前往道森。桑頓救了巴克時，腳還有點跛，不過天氣漸漸暖和，他的腳也完全復元了。巴克躺在河岸，看著潺潺流水，慵懶地聽著鳥兒在歌唱和大自然的聲音，就在這裡度過了長長的春天，也漸漸恢復了體力。

跋涉了三千英里之後，巴克終於獲得充分的休息，是件再好不過的事，隨著傷口的癒合，他又有了肌肉，不再是瘦到見骨，但不可否認的是，他也變得懶散了。說到懶散，包含桑頓還有史基特和尼格也一樣，他們都在等木筏接他們去道森。

史基特是隻小型的愛爾蘭獵犬，很快就和巴克成為朋友。當時巴克奄奄一息，沒法拒絕她的接近與示好。史基特具有某些狗特有的醫生特質，會像母貓舔小貓那樣，幫巴克的傷口舔乾淨。

每天巴克吃完早餐後，史基特便會執行這項任務，結果巴克期盼著她的照顧，就像他等著桑頓一樣。尼格也很友善，他是一隻黑色大狗，是警犬和獵鹿犬的混血品種，雖然比較拙於表達，但有雙總是帶著笑意的眼睛，以及善良溫和的個性。

讓巴克感到驚訝的是，這兩隻狗並未表現出嫉妒的樣子，他們似乎和桑頓一樣仁慈寬厚。當巴克的身體一天比一天強壯，他們就誘使他玩各種滑稽好笑的遊戲，連桑頓都忍不住一起加入。就這樣，巴克輕鬆地度過了復元期，進入新的生活。

這是他有生以來第一次真正感受到愛，真心並熱切的愛，即使生活在陽光明媚的聖塔克拉拉谷的米勒法官家時，也從未感受過。陪著法官的兒子們一起打獵散步，那不過是工作上的夥伴關係；陪伴法官的孫子們，是一種虛榮的監護責任；和法官本人相伴，則是崇高並尊貴的友誼。然而，只有桑頓激起巴克體內狂熱又熾烈的愛，那是一種崇拜並瘋狂的愛。

這個人救了他的命，這點很重要；不過另一方面，他還是一位非常好的理想主人。其他人會照顧狗，是因為責任感和商業考量；他卻是發自內心地關心著他的狗，如同自己的孩子。不只如此，他從不忘記親切地跟他們打招呼或說些激勵的話；他還會坐下來和他們長談（他把這說成是「瞎扯」），在這種時刻，他和狗兒都很高興。

桑頓會粗魯地用雙手抱著巴克的頭，把自己的頭靠在巴克的頭上前後搖晃，同時嘴裡說一些不好聽的字眼，但是對巴克而言，這些是桑頓對他表達愛意的方法。每當桑頓粗魯的擁抱他，低聲地說些不雅的字眼時，沒有比這更能讓巴克開心的了。

每次桑頓前後的推揉他時，巴克的心都會歡快到似乎要跳出來。桑頓一放開他，巴克就會一躍而起，用後腳站著，咧著嘴笑，雙眼蘊含了千言萬語，喉嚨顫抖著發出沒法說出話的聲音，一動不動地站在那裡。這時，桑頓會發自內心地驚呼，「天啊！你除了不會說話，什麼都知道啊！」

巴克有一種近乎傷害的表達愛的方式。他會很用力兇猛地用嘴咬住桑頓的手，以致桑頓的手上會有深深的齒印，過一段時間才會消失。就像巴克了解桑頓的那些咒罵是愛的表示一樣，桑頓也明白巴克這假裝咬人的行為，也是一種親密的接觸。

不過大多數時候，巴克還是以崇敬的方法表達他對桑頓的愛意。當桑頓撫摸他或跟他說話，都會使他欣喜若狂，但他不會主動尋求桑頓的寵愛。他不像史基特會把鼻子蹭到桑頓的手裡輕推，直到桑頓拍拍她才停止；他也不像尼格，會悄悄走到桑頓身旁，把自己的頭放在桑頓的膝蓋上。巴克只要遠遠看著桑頓，就覺得心滿意足。

他會躺在桑頓腳邊好幾個小時，抬著頭熱切渴望並機警地看著桑頓的臉，仔細觀察他，充滿興味地注視著他每一個稍縱即逝的表情，臉部的每一個動作或變化。有時他會躺得比較遠，在桑頓的旁邊或是後面，觀察著他身體的輪廓和一舉一動。就像是心電感應一般，巴克的凝視有著一種力量，經常吸引桑頓轉過頭，默默地以同樣的凝視回應巴克。他在眼中閃耀的愛意，就像巴克對他的愛意一樣。

在獲救後的好長一段時間裡，巴克不喜歡桑頓離開自己的視線。從桑頓走出帳篷到他再走進帳篷，巴克都跟在他身後。來到北方後，巴克的主人一直更換，他不免擔心自己沒辦法擁有一個長久的主人。他更害怕桑頓會像裴洛特、弗蘭索和那個蘇格蘭裔的混血兒一樣，從他的生命中消失。不管在夜裡還是在睡夢中，這種恐懼都讓他揮之不去。在這種時候，他會從睡夢中醒來，在寒冷中爬到帳篷的門簾邊，站在那裡聽著主人的呼吸聲。

不過，巴克對桑頓深切的愛，似乎表現出巴克在文明影響下溫柔的那一面，但是巴克被北方生活所喚醒的原始本性仍舊存在並深深影響著他。他擁有忠誠和奉獻的精神，這些是來自南方文明生活的陶冶，而他也依然保留著野性和狡黠。與其說他是一隻帶著許多世代文明標記、來自南方的狗，倒不如說他是從荒野而來，現在坐到了桑頓的火堆旁邊。因為他很愛桑頓，所以他不會偷他的東西，但若是其他人或是營地，他會毫不遲疑地下手，而且他的狡猾可以讓他順利逃脫。

他的臉上和身上有很多其他狗留下的齒印，但他打起架依然非常兇猛，跟以前相比，有過之而無不及。史基特和尼格脾氣好到連架都吵不起來，而他們是桑頓的狗，如果是陌生的狗，不管什麼品種或多麼勇猛，很快就會認可巴克至高無上的權威，否則就得和一個可怕的對手打個你死我活。

巴克是無情的，他早已深諳棍棒和利齒的法則，絕不會放棄任何有利的機會，也不會對已經踏上死亡之路的敵人心慈手軟。他從史匹茲身上，以及警察局和郵件車隊的狗那裡獲得了經驗，了解沒有所謂的中庸之道，不是統治別人就是被人統治，憐憫就是一項弱點。憐憫不存在原始的生活中，它會被誤解為膽怯，而這樣的誤解會導致死亡；殺或被殺，吃或被吃，這是法則，他遵從這從遠古就傳下來的法則。

他的靈魂比經歷過的日子和呼吸過的空氣都還要古老，他連接了過去與現在，體內的永恆力量正以強而有力的節奏鼓動並支配著他，就像潮汐和四季的變換一樣。當他坐在桑頓的火堆旁時，他是隻胸膛寬闊、牙齒潔白的長毛狗，然而在他背後，卻隱藏著很多影子，有各式各樣的狗、半狼半狗，以及野狼，他們催促著他、慫恿著他，與他一起分享吃進去的肉的滋味還有喝下去的水，並和他一起嗅聞風的味道，告訴他森林裡野生動物發出的聲音，支配著他的情緒、指導著他的行動。當他躺臥在地上時，他們便躺下來和他一起睡覺，一起做夢，甚至成為他夢中的一分子。

這些影子專橫地呼喚著他，以至於他跟人類以及人類的想法一天天疏遠。森林深處經常響起一聲聲呼喚，那呼喚既神祕又充滿誘惑，讓他忍不住轉過身，背離火堆和周遭熟悉的土地，一直往森林深入。他不知道要到哪裡去，為什麼要去，他也不打算知道，只知道森林深處的呼喚強制著他如此行動。然而，每當他走到柔軟的、未被開墾的土地和綠色的樹蔭，他對桑頓的愛又會把他拉回火堆旁。

桑頓是唯一讓他牽掛的人，其他人對他而言，根本什麼都不是。偶爾經過的旅人會稱讚或拍拍他，他就只是冷漠地沒有反應，要是有人過分殷勤，他還會起身走開。

當桑頓的夥伴漢斯和皮特乘著他們等待很久的木筏抵達時，巴克並不理睬他們，直到知道原來他們是桑頓的好友後，才勉強接受他們的好意，就像給他們一些面子似的。

漢斯和皮特跟桑頓一樣高大，同樣都是腳踏實地、想法單純並目光敏銳的人。當他們划著木筏前往道森鋸木廠旁的大漩渦時，他們就了解巴克和他的脾氣，並不會強求巴克要跟史基特和尼格一樣與他們很親密。

然而，巴克對桑頓的愛似乎也越來越濃烈。在夏季旅行時，只有桑頓可以把背包放在巴克的背上；只要桑頓提出要求，巴克都會使命必達。

有一天（他們把木筏抵押，拿到了一筆錢，打算從道森前往塔納河〔Tanana〕上游），所有的人和狗都坐在一處懸崖的最高處，離地面裸露的基石高達三百呎左右。桑頓坐在靠近懸崖邊緣的地方，巴克靠在他身邊坐著。桑頓突然心血來潮，要漢斯和皮特看他做一個實驗。

「跳，巴克！」他一邊揮動手臂指向懸崖下的深谷，一邊命令巴克。下一秒，桑頓在懸崖邊緣拉住打算往下跳的巴克，漢斯和皮特連忙把他們兩個拉回安全的地方。

「太不可思議了！」當事情過去，他們回過神後，皮特如此說道。

桑頓搖搖頭說，「不，這太棒了，但也太可怕了。你們知道嗎，有時我擔心的也是這一點。」

「當他在你身邊時，我可不敢動你一根汗毛。」皮特一邊對巴克點點頭，一邊很肯定地說。

「天哪，我也不敢。」漢斯說。

年底之前，皮特的擔憂在西克爾（Circle City）被證實了。當時，一個脾氣暴躁、心狠手辣的人——「黑色」伯頓，跟一個新來的人在酒館發生爭吵，桑頓好心的上前居間協調。巴克像往常一樣躺在角落，頭靠在前腳上，注視著主人的一舉一動。沒想到，在毫無任何預警下，伯頓突然重重一拳打向桑頓的肩膀，桑頓被突如其來的一拳打得暈頭轉向，一把抓住酒吧的圍欄才沒跌倒。

那些旁觀的人聽到一個既不是嚎叫也不是狗吠的聲音，更準確的描述是一聲怒吼。接著，他們看到巴克從地上飛身一躍，直接撲向伯頓的喉嚨。伯頓反射性地用手臂抵擋巴克的襲擊，還是被撲倒在地。巴克將伯頓壓制在地上後，鬆開咬著他手臂的牙齒，又朝他的喉嚨咬去。這次這傢伙沒有完全阻擋住巴克的攻擊，喉嚨被咬破了。

周圍的人蜂擁而上把巴克趕走，但是當外科醫生來檢查伯頓的出血情況，並加以止血時，巴克仍舊在四周徘徊，不斷發出憤怒的咆哮聲並企圖撲上去，他們只好拿起棍棒把他趕走。接著他們當場召開了一次「礦工會議」，判定巴克是在不得已的情況下才咬人，不用被責罰。從那天起，巴克的聲名遠揚，阿拉斯加沒有一個營地不知道他。

之後，在那年的秋天，巴克又以完全不同的方式救了桑頓。當時，他們三個人駕著一艘又窄又長的撐篙船，經過四十哩溪（Forty-Mile Creek）一段水流湍急的險要地區。漢斯和皮特沿著河岸依照前進的方向，將船用細長的馬尼拉繩綸流綁在一棵又一棵樹上，以便能穩住船身，不被急流沖走。桑頓則留在船上一邊撐篙，一邊對岸上大聲發出指令。巴克則憂心忡忡地在岸上跟著船一起前進，眼睛眨也不眨地地盯著主人。

當他們來到特別險惡的一個地方時，河中有很多暗礁，有一塊岩石特別突出於河面。桑頓把船撐向河中，漢斯把繩子放鬆後，便抓著繩子沿著河岸往下跑，打算在船通過暗礁和岩石後，再拉緊繩子把船拉住。他們做到了，船隨著如同磨坊水車般的流水飛馳而下。不過，沒想到漢斯拉繩子的時候太用力，船反而翻了，整個船底朝天，向河岸靠過去，桑頓則被拋出船外，掉在河中，急流把他沖向滿布漩渦、最危險的地方，沒有人可以從那裡脫身。

巴克馬上跳入水中，游了三百碼之後，在一個湍急的漩渦中趕上桑頓。當他感覺桑頓抓住自己的尾巴時，便使出渾身力氣游向岸邊。然而，游向岸邊的速度，遠遠不及被拉入河中的速度。下游的水流更加湍急，四處奔騰，撞擊在有如梳子般的巨岩上，激起更洶湧的怒濤，水花四濺。

經過最後一個陡峭的岩石時，桑頓感到巨大的水流吸力不斷把他往下游拉，一塊岩石從他身旁擦了過去，接著又撞上第二塊石頭，然後猛力的撞擊到第三塊岩石。他知道自己不可能游上岸，便放開抓著巴克的手，轉而緊緊的抱住第三塊岩石光滑的頂部，在一片驚濤駭浪中大喊著，「快走，巴克！快走！」

巴克支撐不住，被急流往下游席捲而去。他拚命地想游回去，但怎麼樣都做不到。當他聽到桑頓再一次下達命令時，他努力讓自己浮出水面，把頭抬高，好像想看桑頓最後一眼一樣，才乖乖地轉身向岸邊游去。他拚命地游著，就在快撐不住時，正好被皮特和漢斯抓住，把他拖上岸。

他們知道在這樣的激流中，抓著一塊光滑岩石只能撐住幾分鐘，便以最快的速度沿著河岸跑向上游，跑到跟桑頓所在位置的岸邊。把那根用來控制船的繩子綁到巴克的脖子和肩膀上。

他們既要小心繩子不能太緊影響巴克的呼吸，也要留心不能太鬆妨礙他游泳，接著便讓巴克躍入激流中。巴克勇敢地游出去，但沒有筆直地游向桑頓。當他發現這個錯誤時，已經太晚了，他的位置已經和桑頓並排在一起，他再划五、六次水便能成功，但還是無奈地被激流沖走。

漢斯馬上拉住繩子，好像巴克是一艘船似的。繩子一被拉緊，便把巴克拖到水面下，並沉了下去，直到身體撞上河岸，才被拉上岸。巴克被水淹得奄奄一息，漢斯和皮特連忙幫他做人工呼吸，一邊把空氣壓進他的體內，一邊也幫他把水擠出。

巴克踉踉蹌蹌地站起來，馬上又倒下去。這時，傳來桑頓微弱的呼救聲，雖然聽不清楚說些什麼，但他們知道他快要撐不住了。主人的聲音像閃電般打在巴克身上一樣，他一躍而起，在那兩個人之前跑向河岸，回到他之前離開的地方。

他再次被綁上繩子回到河裡，並再度向前游去，但這次他筆直地游過去；他已經犯過一次錯，不能再犯。

漢斯放出繩子並小心別讓它太鬆，皮特則注意不要讓繩子打結。巴克筆直地游向桑頓，和桑頓成一直線後，如同特快車般，迅速轉身衝向桑頓。桑頓看見巴克過來，在激流的衝擊下，撞到他身上時，他使出全身力氣用雙臂緊緊抱住巴克毛茸茸的脖子。

這時漢斯把繩子繞著樹幹拉緊，巴克和桑頓因此突然被拖到水面下，被繩子勒著，又被水嗆著，一會兒桑頓在上，又一會兒巴克在上，他們就這樣在坎坷不平的河底浮浮沉沉，被河中的暗礁連碰帶撞後，最後終於被拖到岸邊。

桑頓肚子朝下趴在一根漂流木上，漢斯和皮特用力地來回搖著他。他一睜開眼馬上尋找巴克。巴克癱瘓在地，毫無生氣，尼格在他身旁發出哀嚎，史基特則是舔著巴克溼漉漉的臉和緊閉的雙眼。桑頓不顧自己遍體鱗傷，還是來到巴克身旁，小心翼翼地檢查他的身體狀況，發現他斷了三根肋骨。

「就這麼辦吧，」他宣布，「我們就在這兒紮營。」他們在那裡搭起帳篷，等巴克的肋骨復元，能夠旅行了，他們才再度出發。

那年冬天，巴克在道森又立了一件功勞，或許沒有那麼英勇，卻使他的名字被刻在阿拉斯加高大的圖騰柱上，他的名聲更加遠播。他們三個人特別興奮，因為他們藉此補齊了需要的裝備，可以前往期待很久、尚未開發的東部地區，那裡是礦工還未開採過的地方。

整件事的發生，是從埃爾多拉多酒館的一場談話開始。當時人們在店裡吹噓著各自心愛的狗。由於巴克傲人的紀錄，成為大家談論的對象，桑頓極力維護巴克的榮譽。爭論半個小時之後，有個人說他的狗能拉動一輛載有五百磅貨物的雪橇，還能拉著向前行；另一個人吹噓他的狗能拉動六百磅；第三個人則說他的狗能拉到七百磅。

「得了！這算什麼！」桑頓說，「巴克能拉動一千磅。」

「真的能拉動一千磅嗎？能拉著走一百碼？」一個叫馬修森的伯納札淘金大王問，他就是那個說自己的狗可以拉到七百磅的傢伙。

「可以拉動雪橇，還能拉著走一百碼。」桑頓鎮靜地回答。

「好，」為了讓所有人都聽到，馬修森一字一句緩慢地說，「我用一千塊當賭注他拉不動。」說著，他就把一袋金沙甩在桌上，那袋金沙大約跟波隆那香腸差不多尺寸。

全場鴉雀無聲。桑頓的吹牛——如果真的只是吹牛，那現在也被要求得證明了。他能感覺到自己脹紅了臉，張口結舌了，他根本不確定巴克能不能拉動載重一千磅的雪橇。

半噸重啊！這麼重的重量把他嚇住了。他對巴克的力量很有信心，也總是覺得他可以拉得動這麼重的負荷，但從來沒有像現在這樣，真的要面對這個可能性，而且還有十幾雙眼睛盯著他，安靜地等待他回應。再說，他根本沒有一千塊，漢斯和皮特也沒有。

「我現在有輛雪橇就停在外面，上面裝了二十袋每袋五十磅的麵粉。」馬修森直率又粗魯地說，「所以，你就不用擔心這個問題了。」

桑頓沒有回答，他不知道要說什麼，心不在焉地掃視著一張張臉孔，就像已經失去思考能力般，四處張望，看看有沒有能夠再啟動他重新思考的東西。然後，他看到了自己的老戰友吉姆·歐布萊恩。他是曼斯托頓的淘金大王。對桑頓而言，這像是一個暗示，鼓勵他去做這輩子做夢都不會做的事。

「你能借給我一千塊嗎？」他問，聲音小得如同耳語一般。

「當然能，」歐布萊恩一邊回答，一邊把一個快要漲破的袋子「咚」地一聲，放在馬修森的袋子旁邊。「不過，桑頓，我不怎麼相信這隻狗能做到。」

酒館裡的人都空了，全跑到街上想看這場賭局，莊家和賭錢的人紛紛下注，等著看結果。好幾百個人穿著皮衣、戴著手套，在雪橇周圍圍成一大圈。馬修森那輛裝著一千磅麵粉的雪橇，已經在這兒停留近兩個小時，在嚴寒的氣候下（零下六十度），雪橇底下的滑板牢牢地結凍在堅硬的雪地上，大家以「賭一賠二」的方法，賭巴克拉不動雪橇。

這時大家對於「啟動」這個詞有所爭辯。歐布萊恩主張，桑頓可以把底下滑板凍結的地方先鬆開，巴克再從雪橇靜止的狀態「啟動」就可以；馬修森卻堅持，這個詞包括把滑板從凍結狀態鬆動的意思。一開始打賭就在場的那些人，大部分贊成馬修森的看法，於是下注的條件成了「賭一賠三」，大家都賭巴克拉不動。

沒有人下注賭巴克能贏，所有人都覺得巴克沒辦法完成這項任務。桑頓本就因為衝動捲入這場賭注感到憂心忡忡，現在看到眼前這輛雪橇隊的正常編制是由十隻狗組成，讓他越看越覺得沒希望，馬修森則越來越得意。

「賭一賠三！」他宣布，「我另外再加一千塊，桑頓，你覺得如何？」

桑頓一臉狐疑，但是內心的鬥志卻被完全激發了——這種鬥志已經凌駕於輸贏之上，能不能拉動雪橇也管不了了，除了戰鬥的喧囂，他什麼都聽不見。他把漢斯和皮特叫過來，他們也是阮囊羞澀，加上自己的錢，三個人只湊了兩百塊，那時正是他們手頭最拮据的時候，這兩百塊已經是他們全部的資本，然而他們毫不猶豫地用這筆錢去賭馬修森的六百塊。

雪橇隊的十隻狗被鬆綁了下來，巴克則戴上自己的挽具被拴在雪橇上，現場高昂的興奮情緒也感染了他，他覺得自己必須幫桑頓達成這項重要任務。

周遭圍觀的人群不斷讚嘆巴克優異的外在。他的狀態非常好，沒有半點贅肉，一百五十磅的體重完全表現出該有的氣勢和強壯。他的毛髮如絲綢般閃耀，順著脖子而下的鬃毛溫順並半聳立地披垂在肩膀上，好像每個動作都會讓那些毛髮隨之起舞。

他似乎有非常旺盛的精力，連身上的毛髮都充滿了生命。他寬闊的胸脯和粗壯的前腿，與身體的其他部位形成非常勻稱的比例，全身上下的筋肉在皮膚下顯得結實渾厚，人們伸手觸摸巴克的肌肉都說，堅硬得如鋼鐵一般，於是賭注的賠率降為一賠二。

「天啊，老兄！」一個剛發財的有錢人連連驚呼。「先生，我出八百塊買你的狗，就在比賽前，先生，光憑他這個樣子，我就出八百塊。」桑頓搖搖頭，走到巴克身邊。

「你必須讓他自由發揮，不能影響他。」馬修森抗議著。圍觀的人都安靜了下來，只有賭徒枉然地喊著一賠二的聲音。大家都知道巴克是隻非常棒的狗，但在他們眼中，二十個裝滿五十磅麵粉的袋子實在太重了，以致沒有人敢為巴克下注。

桑頓在巴克身旁跪下來，雙手捧著他的頭，和他臉頰靠著臉頰。不過他沒有跟平常一樣，像開玩笑般地搖晃他的頭，或是喃喃自語地輕聲咒罵代替愛意，而是在他耳邊輕輕說著，「你愛我，巴克，你是愛我的。」巴克抑制住熱情，嗚嗚地叫著。

大家好奇地看著他們，事情越來越神祕了，好像在施展法術。當桑頓起身，巴克馬上咬住戴著手套的手，用力地咬了咬，才不太情願地慢慢鬆口。這就是回答，不是用語言，而是用愛。桑頓往後退開。

「開始吧，巴克。」他說。

巴克先把挽繩拉緊，又把它放鬆幾吋，這是他之前學到的技巧。

「向右！」桑頓的喊聲在緊張的沉寂中顯得很尖銳。巴克的身體往右側猛地一衝，直到挽繩因為向前衝而拉緊，他一百五十磅的體重被繃直的韁繩拉住，雪橇抖動了一下，滑板下面發出破冰的「劈啪」聲。

「向左！」桑頓又下達了指令。巴克重複一遍剛才的動作，不過這次是向左。之前的「劈啪」聲變成一陣爆裂聲，雪橇旋轉了，滑板往旁邊動了幾吋，雪橇動了，每個人都屏氣凝神，緊張到忘了呼吸。

「現在，走！」桑頓的命令就像槍聲響起一樣。巴克向前奮力地拉著，挽繩倏地被繃緊，發出尖銳的聲音。因為使出了渾身力氣，在絲綢般光滑的皮毛下，巴克全身的肌肉緊縮在一起，像有生命似地扭動著、糾結著。他把頭壓低往前，寬闊的胸膛也貼近地面，同時，腳爪瘋狂地騰挪往前，堅硬的雪地被他刮出兩條平行的深溝。

雪橇搖搖晃晃地抖動著，有點挪動了。巴克的一隻腳打滑了一下，有人便「啊」地大聲叫了出來。接著，雪橇開始慢慢地向前動了，看起來好像走走又停停，但沒有真的完全停下來，半吋……一吋……兩吋……雪橇停頓的狀況越來越少，動能明顯增加，巴克抓住機會穩住雪橇的抖動，讓它可以開始平穩地向前移動。

圍觀的人發出讚嘆，開始呼吸，他們都忘了自己曾經在那一瞬間停止呼吸。桑頓跑在巴克後面，以簡短又熱情的話鼓勵著他。距離已經測量好了，當他接近那堆標誌著一百碼盡頭的柴火時，加油聲越來越大。

當他經過柴火堆，聽到停止的命令停下時，加油聲頓時變成震天價響的歡呼聲。每個人都扯鬆身上的東西，帽子、手套被拋向空中，連馬修森也不例外。大家互相握手，也不管誰是誰，混亂又興奮的亂喊亂叫。

只有桑頓跪在巴克身邊，頭靠著頭，來來回回搖動巴克的身體。那些跑過來圍觀的人聽到桑頓以一種熱烈又親暱的方式持續地咒罵著巴克。

「天啊，先生！天啊，先生！」那個有錢人又驚呼著。「先生，我出一千塊買你的狗，一千塊，先生……一千二百塊好了，先生。」

桑頓站起來，眼眶中的淚水順著臉頰流下來。「先生，」他對那個有錢人說，「我不賣，你去死吧，這就是我的回答。」

巴克用牙齒咬住桑頓的手，桑頓把巴克來回搖晃撫摸著。旁觀的人都很有默契地向後退開，不再隨便打擾他們。

CHAPTER

7

來自曠野的聲音

巴克沒有攻擊他，而是圍著他兜圈子，以友好的方式接近他。那匹狼心存疑慮並害怕，因為巴克的體重是他的三倍，他的頭連巴克的肩膀幾乎都搆不到。

當巴克用五分鐘的時間為桑頓贏了一千六百塊，不但使他的主人能夠還清債務，還能與同伴一起前往東部，尋找傳說中失落的礦山。

這座礦山的年代與當地的歷史一樣久遠，許多人尋找過它，但只有極少數人發現，更多人卻是一去不返，使這座礦山蒙上了悲劇的色彩，並籠罩在一層神祕的面紗中。沒人知道究竟是誰第一個發現它，最古老的傳說中也沒有任何記載。

傳說中，那兒有一間古老破舊的小木屋，奄奄一息的人在垂死前發誓，小木屋地就是金礦所在地，他們還拿出金塊證明所言不假，而那些金塊的等級跟北方已知的金塊完全不一樣。

但是，沒有一個人活著找到金礦，死去的都已消失在這世上。因此桑頓、漢斯和皮特，帶著巴克與另外六隻狗，就在一條沒人走過的雪道朝東方前進，想要完成很多人和狗都沒有實現的夢想。他們駕著雪橇沿著育空河跑了七十哩路後，左轉進入斯圖爾特河（Stewart River），又穿過梅奧（Mayo）和麥奎斯汀（McQuestion）後，繼續前進，直到斯圖爾特河變成一條小溪，穿越那些好像是這塊大陸屋脊的險峻山峰。

桑頓對於人與大自然都無所苛求，面對荒野也毫無懼色。只要有一把鹽、一支來福槍，他就能夠深入蠻荒，只要高興，他想到哪裡就到哪裡，想住多久就住多久。他一點也不著急，就像印地安人般，在旅途中靠打獵獲得每天的食物，若獵不到食物，他也像印地安人一樣繼續前進，相信早晚都能獵到食物。因為在這次前往東部的偉大旅程中，他們唯一的食物便是肉。彈藥和裝備就是雪橇上最主要的負載，至於旅行的時間表則是在無期限的未來。

這種狩獵、捕魚，或是在陌生地方沒有目的的遊蕩，對巴克而言，是趟充滿樂趣的旅程。有時他們會走上好幾個星期都不休息，日復一日，有時他們又會隨處紮營，一停留就是好幾個星期。狗四處閒逛，那三個人就用火在凍結的淤泥和沙礫燒出洞，再用火的熱度把髒碗盤上的冰凍汙泥洗乾淨。有時他們挨餓，有時他們又可以大快朵頤，一切都取決於打獵時的運氣和獵物的多寡。夏天來了，狗和人把東西馱在背上，乘著木筏渡過藍色的高山湖泊，或是用森林中的大樹做成的扁舟，在不知名的河中順流而下或逆流而上。

幾個月過去，他們在那未知的茫茫荒野中，曲折蜿蜒地前進。這裡荒無人煙，但若那間小木屋確實存在著，以前應該是有人到過。他們頂著夏季的暴風雨穿越一座座分水嶺；在森林邊界與終年積雪的荒山上，即使半夜的陽光依然燦爛耀眼，但卻讓人冷得發抖；他們也曾到過蚊蠅成群的夏季山谷中，在冰川的陰影處，採摘跟南方一樣甜美的草莓和芬芳的花朵。

那年秋天，他們闖入了一片淒涼寂靜的湖沼地帶，除了有野禽曾在那裡棲息過的痕跡，毫無任何生命跡象，只有呼嘯而過的陣陣寒風，冰雪凍結在避風的湖面，寂寥的浪花打在孤獨的湖岸。

又過了一個冬天，他們在那些曾經有人走過，卻已毫無蹤跡的小徑上四處遊蕩。有一次，他們來到一條森林中的古老小路，感覺那間小木屋似乎就在不遠的地方。然而，那條路不知道始於何處，也不知道終點何在，就如同到底是誰開闢了這條路，又是為了什麼開闢一樣，一切都是個謎。

還有一次，他們偶然發現了一間狩獵小屋的廢墟。在爛成碎片的毯子中，桑頓發現了一支長管的燧石槍。他知道這是早期開發西北時使用的槍枝，屬於哈德遜海灣公司（Hudson Bay Company）的產品，當時這把槍的價值跟堆起來和槍一樣高的河狸皮一樣貴重。但線索也僅止於此了，至於當年是誰蓋了這間狩獵小屋，又是誰把這槍留在毯子裡，就不得而知了。

春天再次降臨，他們闖蕩好長一段時間後，終於有了些結果。他們沒有找到傳說中「失落的小屋」，但在一片開闊的山谷中，發現了一條淺淺的、由沙金沖積而成的礦床。從那兒淘出的金子，就像黃色的奶油滿布在淘金盤的盤底，他們便不再往更遠的地方尋找了。

每工作一天，他們就能淘到價值數千塊的金沙和金塊，他們天天都在工作，淘出來的金子被裝進麋鹿皮製成的袋子裡，每五十磅裝一袋，一袋袋像堆柴火似地，堆在由雲杉搭建的小屋外面。他們像巨人一樣辛勤工作，歲月如同夢境般一天天飛逝，他們的寶藏也越堆越高。

狗兒們除了偶爾把桑頓打死的獵物拖回來外，沒什麼事可做，巴克便有更長的時間在火堆旁沉思。那個短腿長毛男人幻影也越來越常出現在他面前；既然沒什麼事可做，巴克便常常臥在火堆旁眨著眼睛，和那個人一起到記憶中的另一個世界遊蕩。

另一個世界裡主要的事情似乎是恐懼。巴克注視著那個睡在火堆旁的毛人，他把頭夾在兩膝之間，再用雙手護住頭部。巴克看到他睡得很不安穩，常常驚醒後，在黑暗中害怕地窺探，並往火堆上放更多的木柴。巴克和那個毛茸茸的人在海邊走著，毛人就在那兒收集著貝類，一邊撿一邊吃，同時雙眼環顧四周，提防隱藏著的危險，以便隨時有狀況，可以拔腿就跑。

巴克跟在毛人後面，悄聲無息地穿越森林。毛人和巴克都保持著高度的警戒心，耳朵隨時都仔細地聽著各種聲音，鼻子不斷地嗅聞著四周的氣息。那個毛人和巴克一樣，聽覺和嗅覺非常靈敏，還能跳到樹上並行動自如，像在地面一樣快速移動。他可以用手臂從一根枝條盪到另一根枝條，有時離了十幾呎遠，也能一抓一放，從來不會掉下去和失手。事實上，毛人在樹上根本就和在平地一樣輕鬆。巴克還記得有些夜晚他在樹下守著，毛人棲息在樹上，手裡緊抓著樹枝睡覺。

和毛人的幻象緊密相關的，是那個從森林深處傳來的呼喚聲。這聲音使巴克充滿強烈的不安和奇怪的欲望。又讓他有一種隱約的、甜蜜的喜悅。他意識到自己對這未知的聲音有種狂野與莫名的渴望，有時他會追隨那聲音進入森林尋找，好像這聲音是有形的，還會依據不同的心情，輕聲叫喚或是挑釁地吠叫。他會把鼻子伸進陰涼的苔蘚叢或雜草叢生的黑土裡，開心地嗅聞著肥沃的大地氣味；有時他會窩在倒在地上、長滿菌類的樹幹後面，一蹲好幾個小時，像在躲貓貓一樣，睜大眼睛、豎起耳朵，仔細注意著周圍的一切活動和聲響。他這樣做，或許是想嚇一嚇那令他難以理解的呼喚。但他不知道自己為什麼會這樣做，他就只是不由自主，也沒有任何理由的做出這些行為。

無法抗拒的衝動左右著巴克。當他躺在營地，在炎熱的天氣裡，懶洋洋地打瞌睡時，會突然抬起頭、豎起耳朵、聚精會神地聽，接著就一躍而起，朝遠處飛奔而去，跑過森林間的小徑，穿越布滿黑色岩石的曠野，一口氣跑好幾個小時。

他喜歡沿著乾涸的河床奔跑，在樹林裡匍匐前進、窺探鳥類的生活，有時他會趴臥在灌木叢裡一整天，看著鷓鴣鳥咕咕叫著，走來走去。然而，他最喜歡做的，卻是在夏季的午夜暮色中奔馳，聆聽樹林中發出像夢囈一般的喃喃細語，就像人類學習時一樣，辨認著各種標記和聲響，搜尋著那個不管他是清醒或是睡著都一直召喚著他的神祕聲音。

一天夜裡，他突然從睡夢中驚醒跳起，目光焦躁急切地搜尋，鼻子不斷地嗅聞著，他的鬃毛聳立，像波浪般起伏著。從森林傳來了那個呼喚聲（或者說那只是呼喚中的一個聲調，那個呼喚聲有各種不同的聲調），聽起來比以往任何時候都清楚明確。

那是一種長長的嚎叫，跟哈士奇的叫聲有點像又不像。但他知道這就是以前聽過的那古老又熟悉的聲音。他越過沉睡中的營地，迅速並安靜地衝進森林。當呼喚聲越來越靠近，他更放慢腳步，每走一步都小心翼翼，直到來到林間的一片空地，放眼看過去，只見一隻瘦長的灰狼在那兒，上半身直立地蹲在地上，鼻子指向天空。

巴克沒有發出任何聲響，那隻狼卻停止了嗥叫，試圖找出巴克。巴克大步地走向空地，半蹲著，緊繃著身體，尾巴直直的挺著，非常小心地踩著腳步，一舉一動顯現出帶著威脅，又想和對方交朋友的樣子，這是猛獸相遇時，向對方傳達休戰的方法。但是那隻狼一看見巴克就逃走了。

巴克緊跟在後，連蹦帶跳，瘋狂地想要趕上他。之後巴克把他逼進了一條沒有退路的溝道，那是在一條小溪的河床上，一堆木頭擋住那隻狼的退路。就跟喬以及所有被逼得無路可退的哈士奇一樣，那頭狼以後腳轉過身，豎起毛髮咆哮怒吼，對著巴克齜牙咧嘴。

不過，巴克沒有攻擊他，而是圍著他兜圈子，以友好的方式接近他。那隻狼心存疑慮並害怕，因為巴克的體重是他的三倍，他的頭連巴克的肩膀幾乎都搆不到。一看到有機會，他拔腿就跑，追逐再度開始。他一次次被逼得無路可走，同樣狀況不斷的重複上演。如果不是筋疲力竭，巴克要追上他不會那麼容易。他一直跑到巴克快要到達他的側邊才停下轉過身，一有機會，他就再次拔腿逃跑。

巴克鍥而不捨的精神總算有所回報。那隻狼察覺巴克無惡意，總算用鼻子和巴克相互聞了聞，接著互示友好，以一種又緊張又靦腆的方式一同嬉戲，那是野獸掩蓋原本兇猛本性的表現。

過了一會兒後，那隻狼以一種輕快的步伐跑開，表現出他打算去一個地方，並示意巴克一起，於是他們兩個肩並肩，在昏暗的暮色中直上河床，跑進源頭所在的峽谷，又翻過河流所在的荒涼分水嶺。

從分水嶺的另一面斜坡而下，他們來到一片平坦的大地，那兒有大片的樹林和許多的溪流。他們繼續往前跑，一個小時又一個小時，太陽升得越來越高，天氣也越來越暖和。

巴克非常高興。他知道自己終於回應了那呼喚著他的聲音，並和他來自森林的兄弟奔向傳來呼喚的地方。腦海中迅速湧入古老的記憶，這些記憶讓他情緒激昂，一如往昔他們對真實事件的回應一樣的情緒激昂。他曾經在那個記憶模糊的世界中的某個地方做過這樣的事，現在他又做了同樣的事，在曠野中自由地奔馳，腳下踩著不曾被人類走過的土地，頭頂上是無邊無際的天空。

他們兩個在一條奔騰不息的溪流邊停下喝水。一停下腳，巴克想起桑頓，便坐了下來。那隻狼繼續跑向發出呼喚的地方，然後又返回巴克身邊，跟他聞了聞鼻子，做出一些動作，好像鼓勵巴克繼續跟他一起向前走。但巴克卻轉過身，慢慢地往回走。

那荒野中的兄弟和他一起跑了快一個小時，一路輕聲哀鳴著，然後就坐下來仰天長嘯，叫聲淒厲，巴克依舊堅定不移地往回走。巴克聽見叫聲越來越微弱，直到終於消失在遠方。

當巴克突然闖進營地，充滿狂熱地把桑頓撲倒在地，瘋狂地舔他的臉、咬他的手時，桑頓正在吃飯——「你又像傻瓜一樣胡鬧！」桑頓一邊說，一邊來來回回地搓揉搖晃著巴克，親密地罵他。

整整兩天兩夜，巴克沒有離開過營地，也沒讓桑頓離開他的視線範圍。他跟著桑頓去工作，看著他吃飯。到了夜晚，看著他鑽進毯子，早上又看著他鑽出來。不過，兩天之後，森林中的呼喚聲又開始響起，並且比以前更急迫，一股不安的感覺湧上巴克心中。

他想起荒野中的兄弟，越過山脊那讓他心曠神怡的大地，以及並肩馳騁在廣闊森林的快意。於是他又開始在森林裡到處遊蕩，但那個荒野中的兄弟卻再也不曾出現。儘管他整夜不睡，仔細傾聽著，但那悲哀的嚎叫聲卻再也沒有響起。

巴克開始夜不歸營，一離開營地就是好幾天。有一次，他到達小溪的源頭並越過分水嶺，走進滿是森林和溪流的地方。他在那兒差不多待了一個星期，四處尋找那個荒野兄弟的蹤跡，但一無所獲。他一邊旅行，一邊獵食，邁著輕鬆的腳步，好像永遠不會覺得疲累。他在一條寬闊的、通向大海的溪流裡捉鮭魚，就在這條溪流邊，他還殺死了一頭大黑熊。

那頭熊在捉魚時，被蚊子叮瞎眼睛，絕望無助下，在森林裡怒吼奔竄。即便如此，這仍然是一場惡戰，而這場搏鬥喚醒了潛伏在巴克身上殘存的凶暴。兩天後，當他返回咬死熊的地方，發現十幾隻狼獾正在搶奪熊的殘骸。他不費吹灰之力就把他們驅離了，沒跑走的兩隻也不敢再來爭奪。

他對於血的欲望比以往任何時候都更強烈。他是個殺戮者、捕獵者，獵殺無助、落單的動物，藉由自身的力量和本領，成功地生存在只有強者才能活下去的惡劣環境中。他對自己感到非常自豪，這股自豪像是傳染般地呈現在他的身體，從他所有的動作和每一塊肌肉的伸展就可感受到。

這股自豪也讓他的皮毛更加光彩奪目。如果不是他的口鼻和眼睛上方有些許的棕色毛髮，以及胸前的那片白毛，他很可能會被誤解為一匹巨狼，比其他品種的狼還要高大。

他從聖伯納犬血統的父親那裡繼承了身高和體重，而他的牧羊犬母親則使他的身材和體重有完美的搭配。他有像狼一樣的長長的嘴型，只是比任何一隻狼都大；他的頭也像狼，只是更寬一些。

他有狼的狡黠，充滿野性，他綜合了牧羊犬和聖伯納犬的智慧，所有這一切再加上他在最險惡的學校裡獲得的經驗，使他成為荒野中最強大的生物之一。作為一隻純粹以肉為食的肉食性動物，他正處於生命的顛峰期，充滿活力並精力旺盛。

當桑頓撫摸他的背脊時，摸過的地方會發出聲響，每根毛髮也因為觸摸而釋放出潛藏的磁力。他身體的每一部分——大腦、身體、神經、筋骨——全都在最佳狀態。而且在這些部位間保持著最好的平衡和完美的協調性。當看到、聽到或遇到什麼需要採取行動時，他的反應可以快如閃電。哈士奇跳起來防禦和攻擊的速度已經非常快，但他的速度卻還要快上兩倍。

他看到或聽到動靜需要的反應時間，比其他的狗還少，而且從發現情況、進行判斷，並且做出反應，都在同一時間完成。事實上，這三部分有個先後順序，但因為他表現出來的間隔時間太短了，才會看起來像是同時發生。他的肌肉充滿活力，行動時像彈簧一樣的敏捷有力，在他全身流動著洶湧澎拜的生命力，像是要把身體撐破，盡情地傾瀉到這個世界。

有一天，當他們三個人看著巴克大步走出營地時，桑頓說：「從來沒有見過這樣的狗。」

「上帝造他的時候，模具就被撐壞了吧。」皮特說。

「沒錯！我也這麼想。」漢斯也認同地說。

他們只看到他大步邁出營地，卻沒看過他進入森林深處時的可怕轉變。他不再是大步前行，而是成了荒野中的猛獸輕輕潛行，像貓一般的行走，影子似的在陰影中忽隱忽現。

他知道如何利用各種掩蔽物，像蛇一樣把肚皮貼著地面爬行，又突然跳起撲擊。他可以把岩雷鳥（松雞的一種，多棲息在海拔一千三百到兩千公尺高的礫石苔原、檜樹灌叢和沼澤地）從窩裡捉出來，殺死熟睡的野兔，可以在半空中咬住來不及逃上大樹的小松鼠。

對他而言，在沒結冰的水塘裡的魚，並不會游得比他快，而會築壩的海狸也沒有他機警。他是為了填飽肚子殺害他們，並不是恣意妄為，不過他更喜歡吃自己抓捕到的獵物，因此，他會做些鬼鬼祟祟的惡作劇，像是他會悄悄接近松鼠，快要接近他們的時候，讓他們跑走，那些松鼠就會逃上樹梢又害怕地叫喊著。

隨著秋天降臨，出現越來越多的麋鹿，他們緩慢的移往地勢比較低、環境比較溫暖的山谷準備過冬。巴克抓到了一頭離群的半成年麋鹿，但他非常希望能抓到一頭更大、更凶狠的獵物。有一天，他在小溪源頭的分水嶺遇到了。

二十幾頭的麋鹿成群結隊地越過一個密布溪流和森林的地方而來，由一頭高大的雄麋鹿領隊。這頭雄麋鹿的脾氣凶惡，身高超過六呎，正是巴克期待的對手。這頭雄麋鹿來回舞動著兩根巨大的掌形鹿角，上面有十四根分叉，兩端的根尖相距七呎。一看到巴克，他的雙眼就燃燒著凶狠的目光，並發出憤怒的叫聲。

這頭雄麋鹿之所以如此憤怒凶惡，是因為身體側面靠近前面一點的地方，插著一根尾端帶著羽毛的箭。從古老蠻荒時代傳下來的狩獵本能影響著巴克，他開始企圖把這頭雄麋鹿從鹿群中引誘出來，這當然不是件簡單的事情。

他在雄麋鹿的面前又叫又跳，但要保持距離，否則那對巨大的犄角和可怕的大蹄子一踢，就可以危及他的生命。由於無法擺脫巴克的威脅，那頭雄麋鹿被逼得怒氣衝天衝向巴克，巴克則狡猾地向後退，裝出逃不掉的樣子引誘他往前衝，跟鹿群分開。可是，當雄麋鹿跟夥伴分開時，巴克就會遭到兩、三隻較年輕的雄麋鹿從背後攻擊，使那頭受傷的雄麋鹿重新回到隊伍之中。

野生動物有一種耐性——頑強，不知疲倦，堅持不懈。這種耐性讓網上的蜘蛛、盤繞的蛇、伺機潛伏的豹，可以一動不動好幾個小時，這樣的耐性在以獵取動物維生的猛獸中特別明顯，巴克就有這種耐性。他緊緊跟隨在麋鹿群的旁邊，阻礙他們前進；激怒年輕的雄鹿，讓雌鹿擔心那些還沒長大的小麋鹿，還把那頭受傷的雄麋鹿逼得無可奈何又憤怒。這種狀態持續了整整半天後，巴克從四面八方加強了力道，像旋風般把麋鹿圍在中間，在雄麋鹿重新回到鹿群前，巴克立刻飛速地攔住他，被獵取者本來就沒有獵取者有耐性，在這樣的狀況下，他們越來越沒耐性。

隨著白天慢慢過完，太陽落向西北方的地平線（黑夜降臨，秋天的夜晚只有六個小時）。年輕雄麋鹿越來越不願意回來援助他們被困的領袖，正在迫近的冬季驅使他們繼續趕往地勢較低的地方。不過他們似乎怎樣也無法擺脫這個阻礙他們前進、不知疲倦的傢伙。此外，並不是整個麋鹿群或是那些年輕雄麋鹿的生命受到威脅，只不過是一個成員受到威脅，這和他們自己的生命相比，輕重立見，所以最終還是心甘情願地把老雄麋鹿當成安全通行的過路費。

隨著夜幕降臨，那頭年老的雄麋鹿低頭站著，注視著他的同伴——他熟識的那些雌麋鹿、他親生的小麋鹿，還有他統治過的那些雄麋鹿——在漸漸黯淡的天色中，加緊腳步、倉皇離開。他沒辦法跟上，因為無法擺脫這個在他眼前跳來跳去、無情的可怕傢伙。他重達半噸又三百磅，漫長堅強的一生經歷過無數的戰鬥，現在竟然要命喪在一個連頭部都沒有他膝蓋高的對手的利齒下。

從那時起，巴克不分晝夜緊盯在獵物旁，不讓他有喘息的機會，不讓他有機會啃一口樺木或柳樹的嫩芽，經過溪流時，也沒有機會喝口水解渴。被逼到走投無路時，雄麋鹿常常會突然奔逃一大段距離。每當這種時候，巴克並不會阻攔他，而是輕快的跟在他身後。巴克對這種玩法感到很滿意，當麋鹿站著不動時，巴克就躺臥下來休息，當他一要吃東西或喝水，巴克就猛烈的攻擊他。

雄麋鹿那個有著樹枝狀鹿角的大腦袋越垂越低，踉蹌的腳步也越來越無力。他開始長時間地站立不動，鼻子靠近地面，耳朵無力喪氣地垂下來，巴克也有了更多的機會喝水和休息。這時，巴克吐著紅紅的舌頭喘著氣，兩眼緊盯著那頭大麋鹿，覺得有些事情正在發生變化，他感覺到這片土地有一種新的騷動。

當麋鹿來到這片土地，也來了一些其他生物，森林、溪流和空氣似乎因為這些生物的出現躁動不安。他並不是靠視覺、聽覺或嗅覺獲知這些訊息，而是靠其他某種更微妙的感覺；他並不是聽到、看到什麼，但卻知道這片土地有些不同，有陌生的東西在躁動，他決定先解決眼前的事再去查看究竟。

最後，在第四天要結束時，他終於把那頭大麋鹿打倒在地。他在被咬死的獵物旁休息了一天一夜，不是睡就是吃，什麼事也不做。等休息好，養足精神，恢復體力後，他馬上轉身朝著營地和桑頓奔去。他輕快的邁開步伐往前奔馳，接連跑了好幾個小時都沒休息，也沒有因為錯綜複雜的路迷失方向。他穿過陌生的地區，筆直地往家的方向跑去，他對方向的精確掌握，人類和指南針都比不上他。

他一邊向前跑，一邊感受到這片土地有外來的新生命，跟整個夏天都在這裡的生命不同。這個事實不再是經由什麼微妙神祕的感知獲得，而是連鳥兒都在談論著、松鼠閒聊著，甚至連微風都在低語著。他停下了幾次，大口地呼吸著清晨的新鮮空氣辨別出一道訊息，這訊息使他以更快的速度繼續飛奔。他心中有一種災難發生的感覺，如果不是已經發生，就是正在發生。當他翻過最後一道分水嶺，進入山谷朝營地前進時，他更加小心翼翼。

在離營地還有三哩的地方，他發現一條新的雪道，這使他脖子上的毛髮直豎，因為這條路直接通往營地和桑頓那裡。巴克加快腳步，迅速並悄無聲息地跑，全身神經緊繃，不放過一點微小的細節。這些蛛絲馬跡已經說明這裡發生了什麼事，只是沒有顯示出結局。

他聞出那些生物如何經過現在他腳下的地方。他覺察到森林中一片可怕的寂靜，鳥兒飛走了，松鼠也躲了起來。他只看到一隻皮毛光滑的灰色傢伙趴在一根灰色的枯枝上，看起來就像枯枝的一部分，一個長在樹上的樹瘤。

當巴克像一掠而過的影子無聲無息地潛行時，一股新的氣味吸引他來到一片灌木叢中，他在那裡發現了尼格。他死了，側身倒在地上，像是受傷後忍著痛苦爬到這裡才死去。一支箭貫穿了他的身體，一邊露出箭頭，帶著羽毛的箭尾則露在身體的另一邊。

再往前一百碼，巴克發現桑頓在道森買下的其中一隻雪橇狗。這隻狗就躺在那條雪道上抽搐著做垂死的掙扎，巴克繞過他身旁沒有停留。這時從營地傳來一陣微弱的嘈雜聲，一起一落地唱著單調的歌曲。巴克把肚皮貼近地面爬到營地的邊緣，發現漢斯臉朝下趴在地上，身上插滿了箭，像隻刺蝟一樣。與此同時，巴克立刻往雲杉蓋成的小屋望去，看到讓他脖子與背上的毛髮立刻都豎立起來的景象，全身燃燒著一股怒火，讓他不由自主地吼出聲，那吼聲聽起來非常窮凶極惡。這是他一生中，最後一次讓憤怒和激情戰勝他的狡黠和理智，那都是因為對桑頓深切又真摯的愛，才使他失去理智。

正當葉哈特人（Yeehats）在雲杉木小屋的斷垣殘壁旁跳著舞，他們聽見一聲可怕的咆哮，看見一頭前所未見的動物朝自己衝過來。那是巴克，一道活生生的盛怒颶風，帶著摧毀他們的瘋狂直撲而來。

巴克躍向站在最前面的那個人（葉哈特人的酋長），狠狠撕裂他的喉嚨，直到被劃開的頸動脈鮮血如注。巴克沒有停下來擔心受害者，而是順勢一躍，劃開了第二個男人的喉嚨。巴克勢不可擋，在人群之中來回穿梭，又撕又咬、摧毀一切，靠著連續不斷的激烈動作躲避朝他射過來的箭矢。

事實上，由於巴克的動作迅速到難以置信的地步，加上葉哈特人陷入混亂擠成一團，導致他們接二連三射中自己人。其中有一位年輕的獵人，朝著跳到半空中的巴克擲出了一根長矛，結果刺穿了另一位獵人的胸膛，力道之大甚至穿破背部的皮膚，一截暴露在外。接著，葉哈特人陷入一陣恐慌，嚇得逃進樹林裡，一邊呼喊著要逃離邪靈的降臨。

巴克確實是魔鬼的化身，他在這群人穿梭於樹林裡時，朝他們的腳踝肆虐，然後把他們像鹿一樣拖倒在地，這一天是葉哈特人大難臨頭的日子。他們在鄉野間四處逃竄，直到一個星期後，倖存者才抵達了一處低谷會合，盤點他們的損失。至於巴克，他厭倦了追捕，於是回到殘破荒涼的營地。

他找到了才剛驚醒就在毯子裡遭到殺害的皮特；地面上留下桑頓清晰的掙

扎痕跡，巴克嗅聞其中的每一個細節，一路來到一個深水的池塘。在那裡，躺著史基特的屍體，頭和前腳都沒入水中。池水被淘金槽弄得混濁變色，掩蓋住裡面的東西，而那正是桑頓；巴克跟著桑頓的蹤跡來到池邊，卻沒有發現他離開水池的痕跡。

一整天下來，巴克不是在水池邊悶悶不樂地沉思，就是焦躁不安地在營地四處徘徊。就巴克所知，死亡意味著活動的中止、生命的離去，他明白桑頓死了，這給他帶來一股巨大的空虛，有些類似飢餓的感覺，但這空虛不斷隱隱作痛，不是食物能填補的。

有時當他停下來看著葉哈特人的屍體時，能忘記空虛的痛苦，這時他就會有一股從未體驗過的極度自豪，他殺死了人類這個最為尊貴的獵物，而且是在不顧利齒和棍棒的法則下殺死的。

他好奇地嗅著那些屍體，他們死得如此輕而易舉，比殺死一隻哈士奇還簡單。要不是他們有弓箭、長矛和棍棒，否則根本稱不上是對手。從那之後，除非人類手上拿著弓箭、長矛和棍棒，否則他一點都不害怕。

夜幕低垂，一輪明月高高掛在樹梢上照亮了大地，直到大地被幽暗朦朧的白晝籠罩。隨著黑夜到來，在池邊沉思和哀悼的巴克注意到森林裡有一股新生命的騷動，但並非是葉哈特人發出的動靜。他起身聆聽並嗅聞氣味，從遠處飄來一聲微弱尖銳的嗥叫，緊接著是同樣尖銳的嗥叫組成的合唱。隨著時間過去，嗥叫聲越來越近、越來越大聲。再一次，巴克明白這是存續在他記憶裡的另一個世界中聽過的聲音。

他走到空地的中央繼續聽著。這是那個呼喚聲，那個有著許多意涵的呼喚，聽上去比以往更加誘惑並扣動心弦，他也前所未有地樂意去服從。桑頓死了，最後一絲的眷戀也沒有了，人類及其宣稱的所有權再也不能束縛住巴克。

就像葉哈特人狩獵他們的獵物一樣，狼群緊跟在遷徙中的麋鹿兩側，穿越了滿布溪流和樹林的土地，湧入了巴克的山谷。在月光灑落的空地上，他們傾瀉成一片銀色的洪流。在那片空地的中央，巴克像座雕像似一動也不動地坐著，等候他們的到來。

狼群驚訝不已，巴克就這麼靜靜坐著，身形龐大，好一陣子都沒有動靜，直到最大膽的一隻狼筆直朝他撲過去，巴克像閃電般出擊，咬斷他的脖子後又坐了回去，像剛才一樣不動半步，而那隻遭到重創的狼，痛苦地滾到他的身後。另外三隻狼接二連三地發起進攻，但一個接一個滿懷恐懼地向後退縮，慘遭撕裂的喉嚨和肩膀鮮血直流。

這足以使整個狼群撲向前，慌張忙亂地擠在一起，由於急切地想要打倒眼前的獵物而妨礙到彼此，陷入一團混亂。巴克絕佳的敏捷和靈活占了上風。巴克以後腳為軸心，張牙舞爪地撕裂對手，由於左右來回旋轉身體的防禦動作太迅速，呈現出一道堅不可摧的明顯防線。但為了防止他們繞到身後，巴克被迫後退，一路穿過水池來到溪床，直到退到高聳的礫石岸邊。他利用人類為了採礦在岸邊挖出來的一個直角地形，在那個三面有屏蔽的隔絕區域，他只需要對付正面的敵人。

由於巴克防守得滴水不漏，在半個小時後，狼群悻悻然地向後退縮。他們的舌頭全都垂露在外，白色的獠牙在月光下顯得非常蒼白。有些狼抬著頭、豎起耳朵，趴坐在地上，有些則站著不動看著他，還有些舔著池子裡的水。其中一隻纖瘦修長的灰狼小心翼翼地帶著善意走上前，巴克認出這位曾經和自己跑了一天一夜的荒野兄弟。對方輕聲嗚咽，巴克也低聲呼應，他們便碰了碰鼻子。

接著，一隻骨瘦如柴、滿身戰鬥傷疤的老狼走了過來。巴克扭動嘴唇，準備放聲咆哮，但還是與老狼嗅聞了彼此的鼻子。這時，老狼蹲坐下來，鼻尖朝向月亮，發出悠長的狼嚎，其他狼也跟著坐下並齊聲嚎叫。此時此刻，巴克清楚地聽到那個呼喚，他也坐下來仰天長嚎。一切結束之後，巴克從自己待著的直角角落走出來，狼群把他團團包圍，帶著一半友善、一半野蠻的態度聞著他。狼群的領袖發出短促的叫聲，迅速竄進森林裡。狼群緊跟在後，齊聲嗥叫，巴克跟著他們一同奔跑，與他的荒野兄弟並排前行，邊跑邊叫。

巴克的故事就到此結束。沒過多少年，葉哈特人注意到灰狼的品種有了變化，有些在頭部和口鼻的地方有棕色斑點，並且在胸口的中央有道白色條紋。不過，比起這點更引人注目的是，葉哈特人開始有個關於一隻跑在狼群最前頭的魔犬的傳說，他們很害怕這隻魔犬，因為與葉哈特人相比，他更加狡猾，會在嚴酷的冬天從他們的營地裡偷東西，搶奪被陷阱抓到的獵物，屠殺他們的狗，並且蔑視他們最勇敢的獵人。

不僅如此，這則傳說越來越離奇。有些獵人出了營地就一去不復返，有些獵人被同部落的人發現時，喉嚨已經被殘忍地劃開，而屍體旁邊的雪地上，有比任何狼都還巨大的狼腳印。當葉哈特人每年秋天跟隨麋鹿而移動時，有一個他們絕對不會進入的山谷，每當婦女們在營火邊談論起這隻魔犬為何選擇那座山谷當作永久的居住地時，總會悲傷起來。

然而，葉哈特人不知道的是，每到夏天，都會有一位訪客造訪那座山谷。這個訪客體型龐大，有美麗的毛皮，樣貌像狼，又有所不同。他獨自穿過風光明媚的森林，來到樹林中間的一處空地。這裡有一道金黃色液體如溪流般從腐爛的麋鹿皮袋裡流淌而出，流進了土裡，上面長滿長長的青草，還有腐植土蔓延其上，使這液體的金黃色澤沒被陽光照射到。他在此處沉思了一陣子，發出一聲悠長淒涼的嚎叫後就離開了。

但他並非總是形單影隻。當冬天的漫漫長夜來臨，狼群追著他們的獵物到較為低矮的山谷時，或許就能在蒼白的月色或搖曳的北極光下，看見他跑在狼群的最前方，高高躍起跳過他的同伴，敞開喉嚨唱出宏亮的歌聲，一首在原始世界中，屬於狼群的古老歌曲。

附錄

關於《野性的呼喚》的淘金熱背景

《野性的呼喚》的故事背景發生在克朗代克區域淘金熱的年代，書中提到非常多當時的地點和場景。不難發現，很多作家的作品靈感常來自自身的經歷和時代，而《野性的呼喚》便真切反應了當時傑克・倫敦身處的年代和景況，不論是社會氛圍或是貧富落差，甚或十九世紀末的美洲大陸景況。

為了讓大家更能感受到書中的氛圍，我們就從這本書提到的背景，看看當時書中的主角巴克可能的行經路線。

首先，克朗代克區域僅僅是一個非正式的地理區域，並沒有有任何行政區劃分的作用，育空地區則（Yukon）是加拿大三個地區之一。而克朗代克就是加拿大育空地區的一部分，位於阿拉斯加以東，克朗代克河畔，克朗代克河則是育空河的一條小支流，在道森市注入育空河。

在歐洲人未踏足美洲時，育空地區是印地安人的聚居地之一。直到十七世紀歐洲人在北美大批殖民時，由於位置偏遠，育空地區仍未有任何西進的紀錄。

一八九六年八月十六日，當地的探礦者喬治．卡馬克（George Carmack）在克朗代克河附近發現金礦，之後，在一八九六年到一八九九年間，估計有十萬人左右湧進克朗代克，但只有非常少數人有所收穫，大多數人都無功而返，不過這樣一股風潮日後卻在電影、文學中被大量的直接或間接的流傳，傑克也在這樣的時空背景下，寫就了《野性的呼喚》。

▲ 探礦者喬治·卡馬克。圖片源自「公眾領域」。

為了到達金礦區，很多淘金者選擇經由阿拉斯加東南部的戴伊和史凱威前往淘金，在本書中可以看到這兩個地名還有道森不斷的出現。事實上，當時因為大量的淘金者湧入，相關地區出現了繁榮的城鎮，而位於克朗代克河和育空河匯流處的道森，則為一八九六年所建立，一個只有約五百人的小鎮，到一八九八年夏季，人口已增加到約一萬七千人。

自一八八九年起，道森成為育空地區的首府，直到一九五二年才改為白馬市。不過在二十一世紀的今天，道森的人口早已不復以往，根據加拿大統計局的資料，二〇二一年道森的人口只有一千五百多人左右。

從地圖上來看，巴克從南加州被送到遙遠的北方後，在遇到桑頓之前，他的主要工作環境就是在道森、戴伊，還有史凱威這三地的來回往返。

以下的照片和地圖，相信能給讀者對於當時的情境和巴克歷經的磨難和生活，有更深一層的感受和理解。

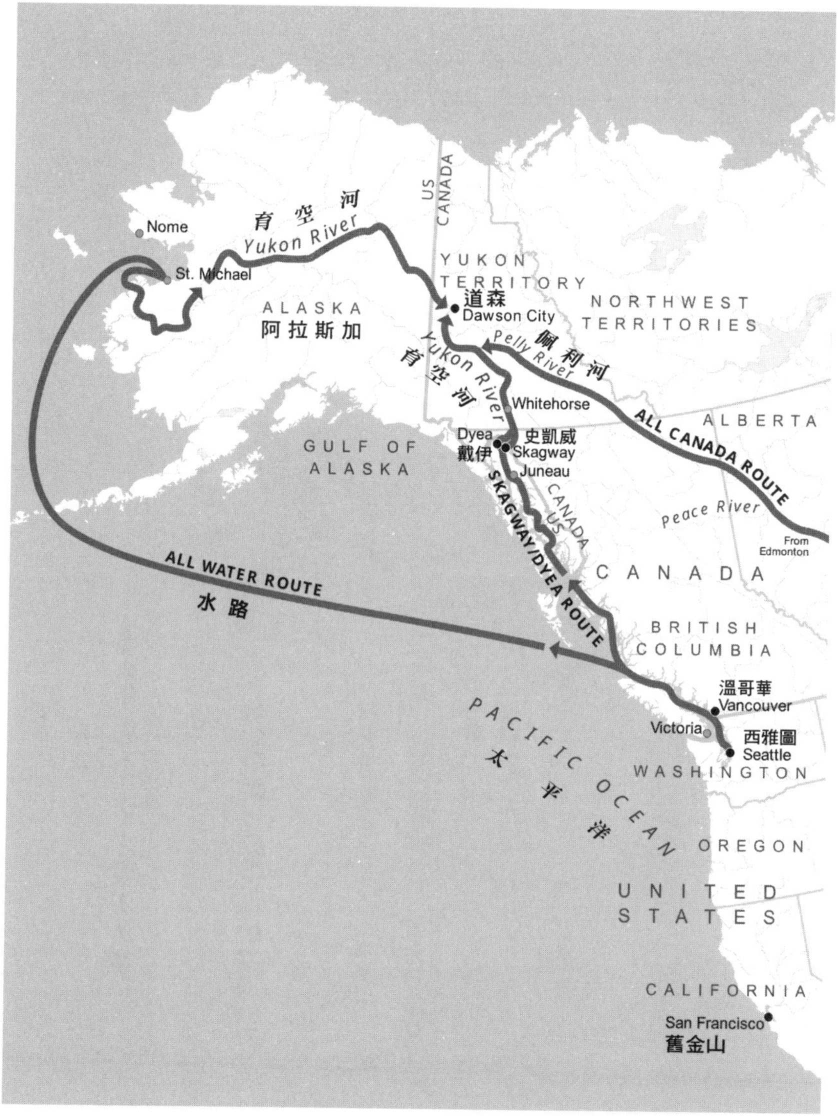

▲ 淘金熱時期，前往克朗代克的主要路線示意圖。圖片源自「公眾領域」。

金礦位置區域圖

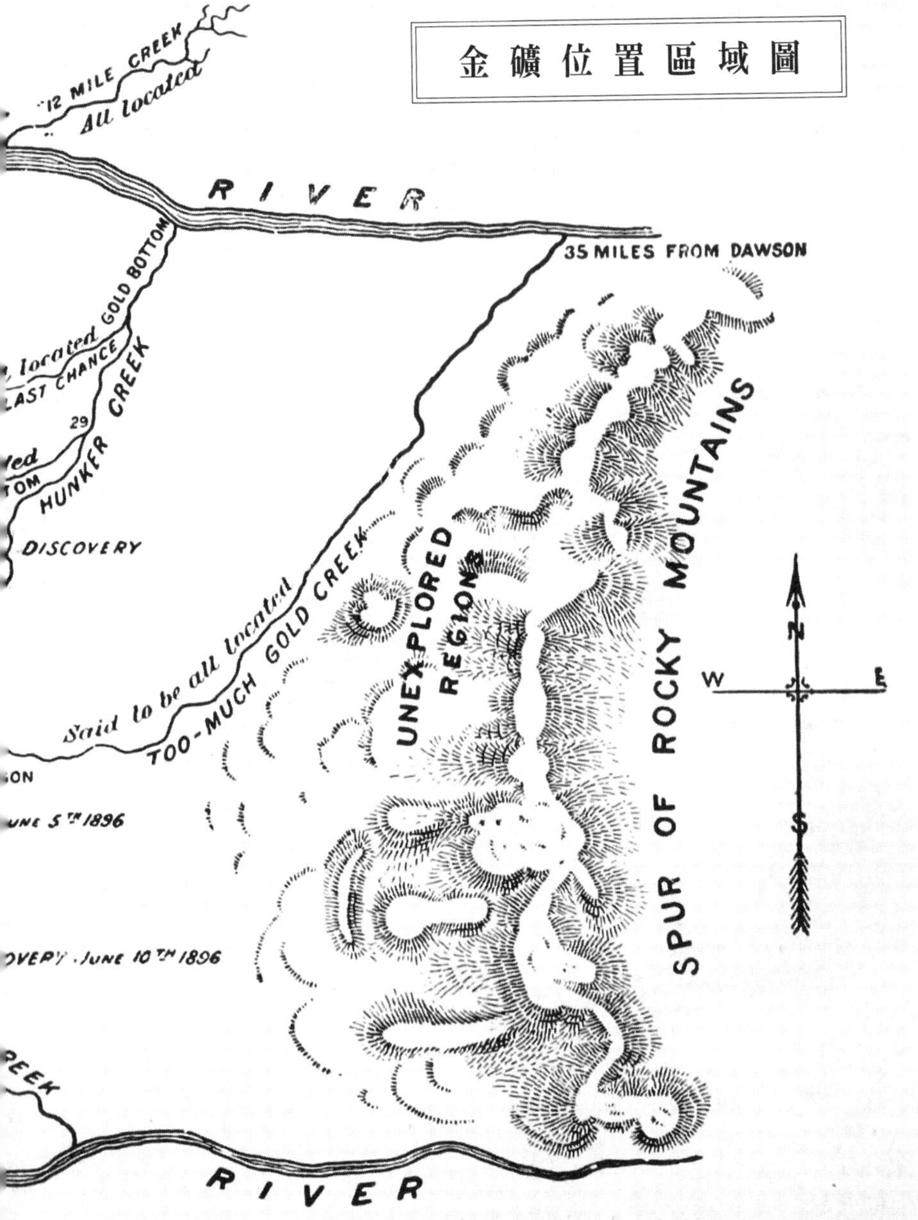

圖片源自「公眾領域」。

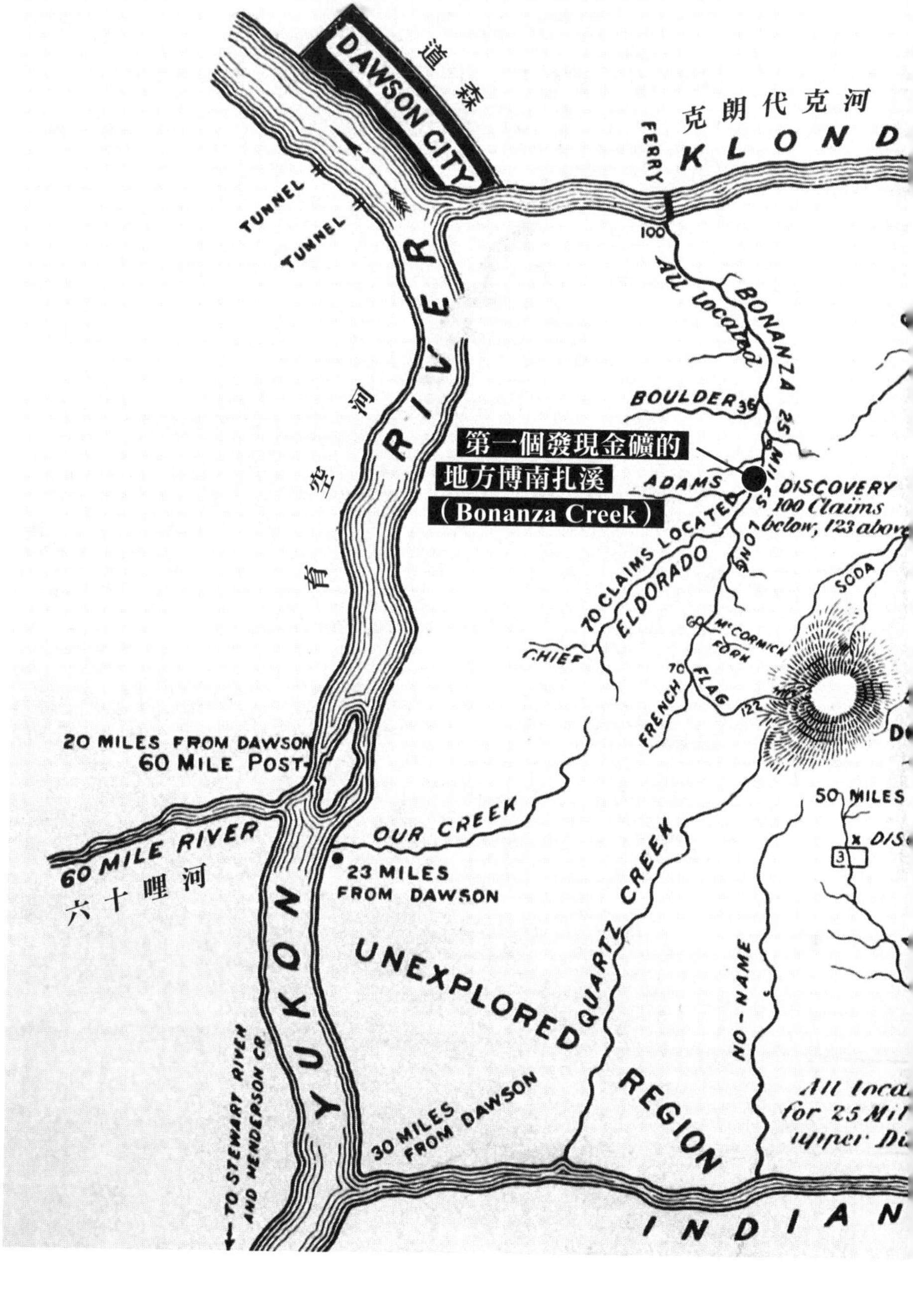

道森
DAWSON CITY
克朗代克河
KLOND
FERRY
TUNNEL
TUNNEL
RIVER
育空河
100
All located
BONANZA
BOULDER 35
25 MILES LONG
第一個發現金礦的
地方博南扎溪
（Bonanza Creek）
ADAMS
DISCOVERY
100 Claims
below, 123 above
70 CLAIMS LOCATED
ELDORADO
SODA
60
McCORMICK FORK
CHIEF
70
FRENCH
FLAG
122
20 MILES FROM DAWSON
60 MILE POST
50 MILES
60 MILE RIVER
六十哩河
OUR CREEK
23 MILES
FROM DAWSON
3
YUKON
UNEXPLORED
REGION
QUARTZ CREEK
NO-NAME
All loca
for 25 Mil
upper Di
30 MILES
FROM DAWSON
TO STEWART RIVER
AND HENDERSON CR.
INDIAN

THE SEATTLE POST-INTELLIGENCER.

SEATTLE, WASHINGTON, SATURDAY, JULY 17, 1897. EIGHT-PAGE EDITION.

LATEST NEWS FROM THE KLONDIKE.

9 O'CLOCK EDITION.

GOLD! GOLD! GOLD! GOLD!

Sixty-Eight Rich Men on the Steamer Portland.

STACKS OF YELLOW METAL!

Some Have $5,000, Many Have More, and a Few Bring Out $100,000 Each.

THE STEAMER CARRIES $700,000.

Special Tug Chartered by the Post-Intelligencer to Get the News.

THE LAND OF GOLD.

KLONDYKE

COOPER & LEVY

A few more of those excellent Lawn Mowers on hand. 16-inch, $2.35; 18-inch, $3.15.

Going camping? Take a look at those Folding Camp Beds at $2.15 each.

Received yesterday, 10 cases Fresh Ranch Eggs, 20c per dozen

Another shipment of Butter just arrived—Fine Dairy, 25c per brick.

Choice Creamery, 35c per brick.

Store Open Until 9 O'clock Tonight.

COOPER & LEVY

Clover Cream Makes the Skin Elastic.

STEWART & HOLMES DRUG CO., 703 First Avenue.

M. Seller & Co.'s Annual Clearance Sale.

Souvenir China

M. SELLER & CO.

GOLD DUST.

Don't Buy a Piece of Crockery

until we place on sale the O. A. Schade & Co. Crockery stock.

See Tomorrow's Paper for Particulars.

GOLDEN RULE BAZAAR CO.

▲ 1897 年 7 月 17 日，「西雅圖郵訊報」（Seattle Post–Intelligencer）頭版報導，波特蘭號從克朗代克抵達西雅圖。圖片源自「公眾領域」。

▲貝內特湖源頭的大營地，1898。圖片源自「公眾領域」。

▲ 史凱威一景，1898。圖片源自「公眾領域」。

▲ 加拿大育空河支流佩利河沿岸的帳篷營地，1898。圖片源自「公眾領域」。

▲ 育空河與克朗代克市（前景），以及道森（右上），1899。
圖片源自「公眾領域」。

▲ 克朗代克斯號在育空河上游駛向道森，1898。圖片源自「公眾領域」。

▲ 奇庫爾特山口一景，1898。圖片源自「公眾領域」。

國家圖書館出版品預行編目（CIP）資料

野性的呼喚：從困境中找到自我與勇氣的長征／傑克．倫敦（Jack London）作. -- 初版. -- 新北市：畢方文化有限公司, 2028.08
208面；14.8×21公分
譯自：The call of the wild.

ISBN 978-626-98769-1-4（平裝）

874.57 113009183

ZEIT
野性的呼喚
從困境中找到自我與勇氣的長征
The Call of the Wild

作　　者　傑克．倫敦（Jack London）
譯　　者　費洛卡
審　　定　曾知立
責任編輯　張雪莉
校　　對　呂佳真
版　　權　翁靜如
封面設計　萬勝安
內頁設計　黃淑華

出版發行　畢方文化有限公司
23141 新北市中和區建一路 176 號 12 樓之 1
電話：（02）2226-3070 #535
傳真：（02）2226-0198 #535
E-mail：befunlc@gmail.com

I S B N　978-626-98769-1-4
初　　版　2024 年 8 月
印 刷 廠　鴻霖印刷傳媒股份有限公司
定　　價　新台幣 380 元